CONVERSATION

Bernadette Chirac

Née à Paris, Bernadette Chodron de Courcel reçoit une éducation très rigoureuse. Elle rencontre Jacques Chirac alors qu'elle poursuit ses études à l'Institut d'études politiques de Paris, et l'épouse en 1956. Ils auront deux enfants : Claude et Laurence. En 1971, Bernadette Chirac est élue conseiller municipal de Sarran (Corrèze), adjointe au maire en 1977, et conseiller général de Corrèze en 1979. En 1990, elle fonde l'association " Le Pont Neuf ", destinée à favoriser les échanges entre les jeunes des pays de l'Est et les jeunes Français. Elle préside depuis 1994 la fondation " Hôpitaux de Paris-Hôpitaux de France ", qui a pour but d'améliorer, à l'hôpital, les conditions de vie des enfants et des personnes âgées. C'est dans le cadre de cette association qu'elle organise l'opération annuelle des pièces jaunes, parrainée par David Douillet.

Patrick de Carolis

Né à Arles en 1953, Patrick de Carolis a commencé comme présentateur du journal régional sur FR3 en 1974. Successivement reporter sur FR3, chef de rubrique au service politique sur TF1, grand reporter sur Antenne 2, il a également été directeur des magazines et documents de La Cinq et directeur de l'information et des magazines d'actualité de M6. Créateur de plusieurs magazines, il a été récompensé par le prix du grand reportage des magazines pour *Reporters* en 1991, et pour *Zone interdite* en 1996. Il est actuellement producteur artistique du magazine qu'il a créé sur France 3, *Des racines et des ailes*, et directeur général du *Figaro Magazine*.

Bernadette CHIRAC
avec
Patrick de CAROLIS

CONVERSATION

PLON

ISBN : 2-266-12217-7

1

« Vous pleurerez un autre jour ! »

Patrick de Carolis : *Selon la dernière enquête Ipsos-*Le Point *que j'ai sous les yeux, 71 % des Français ont une bonne ou très bonne opinion de vous. C'est un score impressionnant. A quoi attribuez-vous cette formidable popularité ?*

Bernadette Chirac : Si ce que vous me dites est vrai, tant mieux. Mais votre question s'adresse probablement davantage aux Français eux-mêmes ou à vos confrères journalistes qu'à moi. Je n'ai pas d'explication. Je suis moi-même, simplement.

P.C. : *S'il fallait en trouver une ?*

B.C. : Il est bien évident que les « pièces jaunes » jouent un rôle important. C'est la récompense de l'action continuelle menée avec mon équipe, pas seulement au mois de janvier, date de la collecte, mais tout au long de l'année, au sein de la fondation Hôpitaux de Paris-Hôpitaux de France. Je crois que, toutes générations confondues, les Français sont sensibles à une solidarité « en actes », à une volonté d'aider les autres en leur apportant du concret. Par exemple, dans le cadre de la lutte contre la douleur de l'enfant hospitalisé, nous fournissons des pompes à morphine aux services qui nous en font la demande ; à l'automne, nous allons nous attaquer à l'amélioration de l'accueil dans les services d'urgence ; nous lançons l'« Opération de vie », en faveur des personnes âgées... Ces opérations impliquent que je me rende constamment dans les régions pour visiter les hôpitaux pédiatriques ou gériatriques, à l'occasion d'un « repérage » ou d'une inauguration. Le plus souvent, les médias, la presse écrite, la télévision donnent de l'écho à ces déplacements et à notre action... Il est probable que cela a contribué à cette popularité dont vous me parlez.

P.C. : *Vous ne pensez pas que cette faveur du public s'explique aussi par votre caractère, ou du moins par ce qu'on a pu en lire ? Vos prises de position, les petites phrases qui transpirent ici et là sur tel ou tel dossier, voire vos coups de colère ? On se souvient notamment de votre opposition au duo Marie-France Garaud-Pierre Juillet sur le mode du « Ce sera eux ou moi ! » et de votre mise en garde : « On ne se méfie jamais assez des femmes... »*

B.C. : Oh non ! Jusqu'à quand me poursuivra-t-on avec cette phrase ? Marie-France Garaud me téléphone de temps à autre. Nous sommes en bons termes.

P.C. : *Mais vous admettez que ces « éclats » aient contribué à façonner votre image aux yeux des Français ? Celle d'une femme qui ne transige pas sur certains principes et qui ne s'en laisse pas conter ! C'est peut-être ce que les Français aiment en vous...*

B.C. : Il est vrai que je tiens à certains principes, mais vous savez, les traits dominants de mon caractère ont longtemps été la timidité et la discrétion. Cette fameuse phrase « Il faut se méfier des bonnes femmes » m'exaspère. D'abord parce que je la trouve vulgaire. Ensuite parce que c'est une chose que j'ai dite il y a presque vingt-cinq ans et que l'on n'arrête pas de ressortir. C'est un peu lassant. J'en ai voulu à la journaliste d'avoir utilisé cette citation hors contexte. Je me souviens très bien, elle était venue déjeuner en Corrèze, j'étais allée la chercher à la gare, il y avait une pleine tablée d'enfants... Ce que je voulais dire, c'est qu'à l'époque — puisque ça fait pratiquement un quart de siècle — les hommes avaient volontiers le sentiment que les femmes étaient à disposition. Nous sommes bien commodes, et puis quand viennent les choses sérieuses, disparaissez ! Cela m'agaçait profondément. Pourquoi une femme n'assumerait-elle pas, si elle a les capacités et la formation nécessaires, les mêmes responsabilités qu'un homme ? Mais, comme disait Françoise

Giroud, pour occuper le même poste, à salaire égal, la femme doit se montrer beaucoup plus brillante que l'homme. Donc cette phrase voulait dire : les femmes sont aussi capables que les hommes d'entreprendre, de faire avancer les choses. Et s'il fallait se « méfier » d'elles, c'était uniquement dans la mesure où les hommes ne semblaient pas conscients alors du changement de mentalité qui était en cours.

P.C. : *Cette timidité dont vous parliez à l'instant, c'est un trait de caractère ou un comportement social ? C'est le fruit d'une éducation ?*

B.C. : C'est un trait de caractère. Ma sœur n'est pas du tout ainsi. Il faut dire qu'elle et mon frère n'ont pas été élevés comme moi. Ils sont nés après la guerre, ce qui a fait toute la différence. Personnellement, j'ai reçu une éducation très sévère. J'en ai peu parlé, jusqu'à présent. Mon enfance a été très marquée par la guerre, puisque j'avais six ans lorsqu'elle a éclaté. Papa a été mobilisé en 1939 sur le Rhin et capturé par les Allemands en juin 1940. Maman, qui était très jeune, a vécu dans un climat assez dramatique, comme toutes les femmes de prisonniers. D'autant plus que nous appartenions à une famille de résistants. Et elle m'a élevée avec une grande sévérité car elle craignait que Papa ne rentre pas de captivité. Elle se disait : « Il faut que cette petite fille arrive à quelque chose, parce que je peux être seule pour l'élever. Il faudra peut-être qu'elle se débrouille assez vite et qu'elle travaille dur. » Elle me l'a souvent répété par la suite. Et cela a beaucoup compté dans ma formation.

P.C. : *Vous avez habité Paris sous l'Occupation ?*

B.C. : Non. Au début, après l'exode, nous avons vécu dans le Lot-et-Garonne, près d'Agen, chez mes grands-parents maternels. Trois fois par semaine nous descendions à bicyclette à Agen — cela faisait un parcours de douze kilomètres — où je suivais un cours à l'école Sainte-Marthe. Pour rentrer à la maison, il y avait une côte très éprouvante : le vallon de Véronne ! Entre-temps, ma mère me faisait travailler elle-même.

Les trois années suivantes, nous avons vécu chez la sœur aînée de Maman, une de mes tantes, qui était aussi sa marraine. C'était une propriété à trois kilomètres de Gien avec un très beau jardin. J'allais tous les jours à l'école à bicyclette, à Sainte-Marie-des-Fleurs-et-des-Fruits. J'étais demi-pensionnaire. C'était plus accessible qu'en Lot-et-Garonne. J'ai grandi là avec des cousins germains du même âge que moi. Ma mère et ma tante faisaient de leur mieux pour que les contraintes de la guerre (et de l'Occupation) ne pèsent pas trop sur nous. Néanmoins, nous avons subi les bombardements de la Loire. La ville de Gien a été sévèrement touchée. Je me souviens que la nuit, dès qu'on entendait les « forteresses volantes » arriver, il fallait courir dans le jardin pour se réfugier dans un abri creusé dans le potager. Cela faisait un bruit effroyable. J'étais terrorisée. J'emportais ma poupée. Cela se répétait parfois plusieurs fois par nuit. Les Américains, qui avaient pour objectifs les ponts sur la Loire, ne visaient pas. Ils « arrosaient » de là-haut... Dans les prés autour de la maison, il y avait d'énormes cratères de bombes. Nous les regardions avec effroi. Pendant toute cette période, je revois ma mère guettant le courrier avec anxiété : les nouvelles de mon père. Ma mère était une femme de devoir avant tout. Elle a été très active avec ma tante dans le domaine, entre autres, de l'entraide pour les familles de prisonniers de guerre, de victimes des bombardements, des plus démunis dans cette période sombre. Elles ont caché des résistants dans la maison. Il y avait des moments où nous, les enfants, nous ne devions pas faire de bruit, parler à voix basse, ne pas jouer dans certaines parties de la maison qui était grande. Dans ce climat général d'insécurité, ma mère a fait tout ce qu'elle a pu pour que mon enfance soit préservée. Elle m'a donné beaucoup de tendresse. J'avais toujours peur de la perdre, je ne voulais jamais la quitter. Elle savait que j'étais trop sensible et elle considérait que son devoir était de forger mon caractère. Elle accordait non sans raison une très grande importance à l'éducation et à ses vertus. Par exemple, je prenais des leçons de piano à Gien. Ma mère me faisait travailler tous les jours à Marcault. Pendant les répétitions, si je n'avais pas suffisamment étudié, ma mère me grondait beaucoup et me donnait parfois des petits coups de règle sur les doigts. Je pleurais facilement, ce que ma mère ne supportait pas. J'entends encore l'une de ses phrases favorites, dite d'une voix forte : « Vous pleurerez un autre jour ! » Encore aujourd'hui, sous le coup de l'émotion, il m'arrive de me la répéter : « Vous pleurerez un autre jour. » Cela m'aide parfois.

P.C. : *Vous en avez voulu à votre mère ?*

B.C. : Pas du tout. Cette sévérité, cette rigueur qui étaient l'un des visages de l'amour qu'elle nous portait, ont contribué à forger mon caractère. Maman était une femme extrêmement courageuse. Elle avait horreur de la mollesse, du laisser-aller, de la vulgarité. C'était une lutteuse. Elle l'a montré jusqu'aux dernières heures de sa vie. Elle pensait qu'avec une ferme volonté on pouvait toujours progresser, s'améliorer, apprendre, se tenir droit, être digne.

Pendant la guerre, elle a vécu des événements difficiles et pénibles. Ainsi, à l'occasion d'un voyage qu'elle avait décidé de faire avec moi pour rendre visite à mes grands-parents paternels, le train s'était arrêté en gare de Vierzon. Les Allemands ont fait une rafle, comme ils en avaient l'habitude. Le train était bondé. Ils sont passés devant les compartiments et ils ont pris au hasard un certain nombre de voyageurs à qui ils ont ordonné de les suivre. Maman a été désignée. Elle m'a confiée en hâte à d'autres voyageurs du compartiment. Elle pensait peut-être ne jamais me revoir ! Elle a été emmenée dans les locaux de la gare pour être fouillée, interrogée. Le temps a été très long, pour elle — elle pensait que le train allait repartir et que j'étais seule — et pour moi : j'avais à peine neuf ans ! Finalement, elle a été relâchée avec quelques voyageurs alors que le train était encore en gare.

Maman trouvait que j'étais très maladroite, que je laissais tomber tout ce qu'elle me donnait à porter. « Vous avez des mains de beurre », me disait-elle. Car elle me vouvoyait, c'était de tradition dans la famille. Ou bien, si j'éternuais — j'attrapais sans arrêt des rhumes —, elle me disait : « Ça y est, j'en étais sûre ! » Et ce « j'en étais sûre » signifiait que je commençais un nouveau rhume. Maman m'a forgé le caractère.

P.C. : *Vous jouez toujours du piano ?*

B.C. : Non, parce que cela demande de l'entraînement. Mais après la Libération, une fois de retour à Paris, ma mère m'obligeait à présenter des auditions. Papa était l'aîné de dix enfants. On se réunissait souvent autour de mes grands-parents. Ma grand-mère paternelle était grande, distinguée, douce et très bonne. Mon grand-père, qui avait été diplomate de carrière, était un intellectuel, un homme de livres, d'une immense culture. On installait des chaises dans le salon. Puis on faisait rentrer la petite Bernadette pour jouer un morceau de Bach. Je devais jouer devant la famille, ce qui n'était pas une mince affaire. J'en étais très angoissée ! La pression était forte, à la mesure de la taille de la pièce et du nombre des auditeurs !

P.C. : *Vous avez gardé un souvenir précis du retour de captivité de votre père ?*

B.C. : Bien sûr. C'est certainement un des événements les plus bouleversants de ma vie. Les déportés, ainsi que de nombreux prisonniers, étaient rapatriés à la gare d'Orsay et nous savions — par quel moyen ? je ne m'en souviens plus — que Papa serait dans tel convoi. Je me revois sur le trottoir de cette gare, à attendre avec anxiété l'arrivée du train. Et je revois mon père, marchant au milieu d'une masse énorme de prisonniers, tous d'une maigreur effroyable ! J'avais six ans quand il est parti, j'en avais douze désormais et je pouvais à peine le reconnaître. J'avais vu des photos, Maman m'avait beaucoup entretenue dans son souvenir. Je me souviens qu'elle lui écrivait beaucoup durant sa captivité. Plus tard, Maman m'a donné quelques-unes de ces lettres, très peu, car elle a presque tout détruit. Donc, je vois arriver ce père sur un quai de gare, les joues terriblement creusées, mais souriant. Nous sommes aussitôt allés chez mes parents, qui habitaient à cette époque rue de l'Abbé-Grégoire. Mes oncles et tantes sont arrivés, nous nous sommes tous rassemblés là, dans la joie. Le retour d'un prisonnier, après cinq ans de captivité, après toutes les épreuves de la guerre, c'est une fête ! Puis mes oncles et tantes se sont retirés. Je nous revois en train de dîner tous les trois, Maman, moi et ce père que je découvrais. Il était très gentil, un peu étonné certainement devant cette fille qu'il n'avait pas vue grandir pendant cinq longues années. C'est une situation qu'ont vécue toutes les familles, innombrables, qui ont été éprouvées par ces séparations. Enfin, pour ceux qui ont eu la chance de revoir les leurs, car beaucoup ne sont pas rentrés.

P.C. : *Vous êtes restée longtemps fille unique.*

B.C. : Jusqu'à l'âge de treize ans. Après la Libération, mes parents ont eu deux autres enfants, ma sœur Catherine, puis mon frère Jérôme. J'étais très jalouse à l'arrivée de ma sœur. J'en parlais encore avec ma mère quelques mois avant sa disparition. Vous comprenez, j'avais l'habitude que tout tourne autour de moi. Malgré la guerre, malgré les bombardements, malgré les interdits de toutes sortes. Et tout à coup, cette petite fille arrive. J'étais très contente, évidemment, je me rappelle qu'on m'avait emmenée voir Maman à la clinique. A partir de ce moment-là ma vie quotidienne a changé. Je l'ai profondément ressenti. Mes parents n'ont sans doute pas pris suffisamment garde au fait que les deux petits prenaient beaucoup de place. Quant à moi, on ne me demandait plus que de travailler, d'avoir de bons résultats à l'école. Heureusement, j'avais des vacances merveilleuses, notamment l'été, à Arthel, dans la

Nièvre, chez mes grands-parents maternels. Ma grand-mère était aussi ma marraine. Elle était très tendre, très chaleureuse, très artiste aussi. Elle peignait merveilleusement. Douée d'une excellente mémoire, elle pouvait réciter des poèmes en plusieurs langues pendant des heures. La maison était pleine de monde, de rires d'enfants, de gaieté, la famille était nombreuse. Je retrouvais là mes chères cousines germaines Annette et Claude. Nous avions le même âge. Je les adorais et je les admirais. Nous étions complices. J'avais hâte de les retrouver aux nouvelles vacances. Arthel, où nous avons eu tellement de réunions de famille, reste pour moi synonyme de bonheur.

Maman a été une excellente mère, très attentive. Quant à ma jalousie, elle s'est estompée au bout de deux ou trois ans. L'écart d'âge était trop important entre nous trois, heureusement.

P.C. : *Votre père devait pourtant avoir à cœur de rattraper le temps perdu avec vous ?*

B.C. : C'est vrai, il a joué un rôle considérable dans mon épanouissement intellectuel. Il m'a emmenée en voyage, il a suivi de près mes études. Papa était un homme extrêmement cultivé, passionné de géographie et d'histoire. Je crois que c'est un trait familial. Il était d'une immense curiosité intellectuelle. Il s'intéressait à tout ce qui touchait l'Europe, essentiellement l'Europe du Nord d'ailleurs, plus que la Méditerranée. Avec lui, j'ai fait de nombreux séjours en Angleterre, en Allemagne aussi. Pourtant, même à l'occasion de ces voyages, j'ai très peu réussi à le faire parler de sa captivité. Il avait une immense pudeur. Je le regrette.

P.C. : *Peu de prisonniers ont aimé parler de leur captivité.*

B.C. : Chez mon père, c'était plutôt une règle de famille. Presque tous les Courcel ont été élevés par des Anglaises. Alors, on maîtrise ses émotions, on ne parle pas de soi, ou alors sur le mode de l'humour, voire de la dérision. C'était une marque de fabrique, en quelque sorte. Papa était très attiré par les pays anglo-saxons. Il avait fait des études à Eton, puis à Cambridge.

P.C. : *C'est votre père qui vous a encouragée à vous inscrire à Sciences Po ?*

B.C. : Oui, je suis entrée dans cette école parce que plusieurs membres de la famille sont passés par là. Avec le recul, je me dis parfois que, en ce qui me concerne, c'était peut-être une erreur d'orientation. Ma véritable vocation, c'eût été plutôt la médecine. Par idéal, par désir de soulager la souffrance d'autrui. Mais c'est ainsi, j'appartenais à une famille qui ne m'a pas poussée dans cette voie. De toute façon, je ne peux pas dire que mes parents se soient trompés. D'abord parce que j'étais très attirée par les études d'histoire. Et ensuite je n'aurais pas rencontré Jacques Chirac ! Car c'est à Sciences Po que nous nous sommes connus.

P.C. : *Ç'a été le coup de foudre ?*

B.C. : J'ai été très vite séduite par sa personnalité. A dix-neuf ans, c'était déjà un rassembleur, un organisateur, un séducteur aussi. Il avait un succès incroyable auprès des filles. De son côté, je crois qu'il y a eu un léger malentendu... Le hasard a voulu que nous soyons dans la même conférence, sans quoi il ne m'aurait probablement jamais remarquée. Au début de chaque conférence de méthode, le professeur proposait deux exposés pour la semaine suivante, et je me suis portée volontaire ! Je connaissais très bien Georges de Grandmaison qui était dans une année supérieure. Il m'avait dit : « Jetez-vous à l'eau dès la première conférence, prenez les premiers exposés, je vous aiderai à les préparer. » Il y en avait un sur la Convention. Et Jacques s'est trompé sur la personne : il a cru que j'avais un culot formidable, alors que je luttais contre une grande timidité. Il s'est dit : « Cette fille-là a du coffre ! » A la suite de ces exposés pour lesquels je ne m'étais pas trop mal débrouillée, il m'a très vite abordée en bibliothèque : « Mademoiselle, voudriez-vous faire partie du groupe de travail qui se réunira chez moi, une fois par semaine ? » Tout est parti de là.

P.C. : *Il vous a fait une cour assidue ?*

B.C. : Il me poursuivait au téléphone chez mes parents. L'appareil était posé sur une petite table en laque chinoise, dans la chambre de Maman. Il la dérangeait sans cesse, elle était obligée de venir me chercher. J'entends encore le claquement du combiné sur cette laque. C'était pour moi ! Et il parlait pendant des heures de tout et de rien ! Mon père nous envoyait des télégrammes de son bureau nous priant de libérer la ligne d'urgence. Nous nous sommes mariés à vingt-trois ans.

P.C. : *Vous saviez alors que vous épousiez un animal politique ?*

B.C. : Absolument pas ! Je ne m'attendais pas du tout à ce qu'il fasse de la politique. Lorsqu'il me l'a annoncé, ç'a été une découverte pour moi puisque, après l'ENA, il devait faire normalement une carrière de haut fonctionnaire, de magistrat à la Cour des comptes. La voie était toute tracée. Mais la politique, il n'en avait pas été question ! Sa décision m'a fait l'effet d'une douche froide. Comme disait Papa, « la politique n'était vraiment pas dans le contrat de mariage » ! Il ne nous a plus parlé pendant six mois. Ce fut une période assez pénible. Je devinais bien qu'en s'engageant dans cette voie, mon mari allait m'échapper, qu'il serait parti tout le temps, sans cesse sollicité. D'ailleurs, je ne me suis pas beaucoup trompée... Mais que faire ? Il y a eu un peu de « tangage » à ce moment-là...

P.C. : *On prétend que, dans votre couple, le plus gaulliste des deux, c'est vous...*

B.C. : Ceux qui le disent pensent probablement à mon oncle Geoffroy de Courcel, qui fut l'aide de camp du Général quand il est parti à Londres, en juin 1940. Mon beau-père était gaulliste, d'esprit et de tempérament. Je l'ai connu une douzaine d'années, puisque je me suis mariée en 1956 et qu'il est mort en 1968. Il a sûrement exercé une grosse influence sur la formation intellectuelle de son fils. Mais de là à le pousser vers la politique, sûrement pas ! Lui-même avait refusé de devenir maire de sa commune, au moment de prendre sa retraite. Je me souviens de la réaction de mon oncle prêtre lorsque mon mari s'est présenté à la députation : « Oh, c'est risqué ! C'est très risqué, ce que va faire Jacques ! » Mais mon oncle n'avait pas tout à fait tort non plus : les risques, j'ai eu le temps de les mesurer, et j'en vois encore aujourd'hui l'illustration ! Si l'on nous avait dit, lorsqu'il s'est lancé dans cette voie, qu'il serait un jour président de la République, nous ne l'aurions pas cru. Ce n'était évidemment pas du tout prévu au départ. Comment aurions-nous pu l'imaginer ? Un destin se bâtit autour d'une multitude d'éléments. Maman me disait toujours : « Ah ! Vous savez, les choses changent, elles évoluent. » Elles évoluent tellement que la vie ne se déroule jamais comme on l'avait prévu. Je me souviens d'un jour où mon mari et moi faisions des courses à Tulle pour ma belle-mère, dans l'avenue Charles-de-Gaulle. Il était encore étudiant à l'ENA. Il m'avait dit en me montrant la magnifique préfecture de la Corrèze : « Vous voyez, si je réussis mon concours de sortie, un jour vous serez peut-être la femme du préfet, vous habiterez cette maison. » Je l'avais cru.

Enfin, pas vraiment. Si, un peu quand même... Mais le destin en a décidé autrement. Moi, ça me paraissait plutôt bien de devenir la femme du préfet de la Corrèze. Et voilà que trente ans plus tard je l'accompagnais à l'Élysée !

P.C. : *Justement, ce fameux soir du 7 mai 1995 où Jacques Chirac devient président de la République, c'est sa victoire, celle d'un homme politique. C'est aussi la vôtre ?*

B.C. : C'est la sienne avant tout, puisque c'est le couronnement de longues années de travail et de combat. Mais au risque de paraître immodeste, je pense l'avoir un peu aidé. J'ai fait de mon mieux pour le soutenir. Je vais vous confier une anecdote. Je ne sais pas si je devrais le faire. Mon mari ne sera peut-être pas content. Un jour, il y a très longtemps, il m'a lancé : « Vous ratez tout et vous faites tout rater aux autres. » C'était pendant cette période de « tangage » dont nous avons parlé, la réaction injuste et emportée d'un jeune homme dont l'ambition politique naissante se heurtait aux réticences de sa belle-famille. Une de ces phrases prononcées sous le coup de la colère et oubliées le lendemain. Mais je ne l'ai pas oubliée, moi. Et vous savez, lorsque vous avez entendu cette phrase une fois, si vous avez un tant soit peu d'amour-propre, vous essayez de la faire mentir. Alors vous me demandez si cette victoire est aussi la mienne ?... En partie oui, j'en étais très fière. J'ai surtout pensé à mes beaux-parents. Mon mari l'a dit aussi avec beaucoup d'émotion dans le discours qu'il a fait dans la salle des fêtes de l'Hôtel de Ville, juste après l'annonce de sa victoire. Il a rendu hommage à ses parents, puisque malheureusement ils sont décédés trop tôt pour voir l'aboutissement de l'exceptionnel destin de leur fils unique. J'ai aussi pensé à mon père qui, lui non plus, n'était pas là pour assister à cette soirée. Lui qui s'était montré si réticent au début ! Il aurait été fier de voir un gaulliste entrer à l'Élysée.

P.C. : *Quelles images gardez-vous de cette soirée ?*

B.C. : Avant l'annonce des résultats, je me trouvais à l'Hôtel de Ville en compagnie d'une trentaine de personnes, des amis — des supporters, cela va sans dire. Ma mère était restée chez elle, mon frère et ma sœur l'ont rejointe pour vivre ces moments avec elle. L'atmosphère était assez bouillonnante. Puis, tout à coup, vers huit heures moins le quart, le chef de cabinet de mon mari est descendu par le petit escalier Napoléon III : « Le Maire demande que Mme Chirac monte. » Je suis allée dans ce grand bureau qui surplombe la Seine. Mon mari m'a dit : « Voilà, ça y est, je suis élu. » Il venait d'apprendre la nouvelle par le ministère de l'Intérieur. Il était 19 h 52.

P.C. : *Vous étiez seuls, à cet instant ?*

B.C. : Oui. Puis le téléphone a sonné sur le classeur. C'était Lionel Jospin, lui aussi prévenu par le ministère. Il appelait pour féliciter son adversaire. Nous avons trouvé que c'était très élégant de sa part. Puis nous avons regardé à la télévision cette fameuse image, avec le visage du nouveau président qui se dessine progressivement. Le résultat tombe. Ensuite, tout est allé très vite.

P.C. : *Quelle a été votre réaction ? Que lui avez-vous dit à ce moment-là ?*

B.C. : Je ne me rappelle pas exactement, j'étais très émue.

P.C. : *Pas un geste ? Pas un mot ?*

B.C. : Je ne sais plus. Je ne peux pas vous répéter avec certitude mes premiers mots. Et vous savez que les grandes effusions ne sont pas dans ma nature. Mais j'étais très émue, c'est certain ! Claude était avec nous.

P.C. : *Émue à en pleurer ?*

B.C. : Oui, à en pleurer !

P.C. : *Vous avez pleuré ?*

B.C. : Oui, un peu. J'essayais de maîtriser mon émotion. Vous vous souvenez de ce que disait ma mère : « Vous pleurerez un autre jour » ? De toute façon, presque aussitôt, des collaborateurs sont entrés dans le bureau, nous n'avons plus été seuls. Mon mari a préparé la déclaration qu'il allait prononcer dans la salle des fêtes de l'Hôtel de Ville.

Nous nous y sommes rendus une vingtaine de minutes plus tard, il y avait là une grande foule, essentiellement des jeunes. Nous étions à la limite de la bousculade, ce qui ne me gênait pas, mais la pression était vraiment énorme ! Il a fait sa déclaration, très bonne, puis nous sommes partis pour l'avenue d'Iéna. Une des images les plus fortes que j'ai gardées en mémoire, c'est cet « escalier du Maire », l'escalier monumental en marbre qui monte à son bureau, très large, majestueux, avec ses peintures de Puvis de Chavannes au plafond, littéralement envahi par les fonctionnaires de l'Hôtel de Ville. Tout le personnel, les gardiens, les huissiers, les secrétaires, les chauffeurs de la Ville s'étaient massés là pour le saluer. Et au milieu de cette marée humaine, il y avait un passage, comme un ruisseau, un mince filet d'eau. Nous sommes descendus l'un derrière l'autre, parce qu'il n'y avait pas la place pour deux personnes de front. Et soudain, ç'a été un tonnerre d'applaudissements. Ce sont des choses qui ne s'oublient pas ! Et comment ne pas penser, alors, à un autre moment privilégié : la première élection à la Mairie de Paris, lorsque nous avons gravi ce même escalier, avec cette même foule pressée dans l'escalier, au risque de faire éclater les murs ! C'est inoubliable.

P.C. : *Puis c'est la folle équipée à travers Paris ?*

B.C. : Oui, nous sommes descendus dans la cour où il y avait aussi énormément de monde. Et nous sommes partis pour l'avenue d'Iéna, où se trouvait le siège de campagne. Avec, pour la première fois, les motards chargés de caméras qui suivaient notre périple. Avenue d'Iéna, c'était une bousculade absolument monstre. On m'a obligée à entrer dans un immeuble, tandis que Jacques prenait un bain de foule avec Alain Juppé. Ensuite, nous sommes montés. Il est apparu à la fenêtre et il n'y avait qu'un tout petit rebord au balcon. C'était dangereux, il aurait pu être poussé, dans cette folie collective ! Mais l'image était magnifique, avec tous ces drapeaux sur la façade. Puis nous remontons dans la voiture. Impossible de faire un arrêt place de la Concorde, noire de monde. Les gens l'attendaient, en majorité des jeunes. J'ai beaucoup regretté qu'il ne puisse pas aller les saluer.

P.C. : *Lui aussi en a éprouvé un regret ?*

B.C. : Oui, nous en avons parlé plusieurs fois. Mais, vous savez, mon mari n'est pas quelqu'un qui regarde en arrière. Toujours devant. Moi, j'ai un peu tendance à analyser le passé, à me dire : « Nous aurions dû faire ceci ou cela, les choses auraient été différentes. » Lui, jamais ! Cap devant toute ! Cela ne l'empêche pas d'avoir un jugement très assuré en politique et de prendre en compte les leçons du passé, mais il n'a pas du tout la même forme d'esprit que moi.

P.C. : *Et après ce rendez-vous manqué à la Concorde, où êtes-vous allés ?*

B.C. : Je suis allée rejoindre des amis, tandis que mon mari regagnait la mairie. Lorsque je suis rentrée à mon tour, il y avait encore un certain nombre de journalistes dans la cour de l'Hôtel de Ville. Dès qu'ils ont vu arriver ma voiture, ils ont allumé les projecteurs ! Il était tout de même deux heures du matin ! N'oubliez pas que nous étions allés en Corrèze le matin pour voter. Et puis toute cette émotion, cette tension nerveuse... A deux heures du matin, vous avez envie de vous retrouver au calme. Vous savez, à la fin d'une campagne présidentielle, on a « la hauteur qui vous rentre dans la largeur », comme disait mon beau-père. Je ne devais pas avoir très bonne mine. Et lorsqu'une journaliste de la télévision s'est précipitée au sortir de la voiture, avec ces projecteurs braqués sur moi, j'ai été surprise. La reine Fabiola, veuve du roi Baudouin, m'a dit un jour : « Ma chère, dans ce genre de vie, il faut toujours se préparer à l'imprévisible. » C'est tellement vrai ! Il faudrait être toujours prêt. Ce qui n'est pas dans ma nature. J'aime les chemins bien bordés d'arbres. Tout ce qui est aventure me déstabilise. Quoi qu'il en soit, au lieu d'être cool, j'ai bien peur de lui avoir répondu quelque chose de désagréable... Puis je me suis couchée en repensant à quelques moments forts de cette journée. Je me suis souvenue du début de l'après-midi, lorsque, après un déjeuner sympathique en Corrèze avec des amis proches, nous avons pris l'avion pour Paris. Bref moment de détente. Car en arrivant au Bourget, il y avait déjà les fameux motards, ces journalistes à moto équipés de caméras. Je n'ai pas pu m'empêcher d'y voir un signe. L'angoisse m'a serré la gorge. « Pour que les caméras viennent jusqu'au Bourget, c'est qu'ils savent des choses ! » Les sondages à la sortie des urnes, peut-être... Mais Lionel Jospin devait avoir eu le même traitement à son retour de Cintegabelle. En tout cas, je n'avais jamais vu ça. Ces photographes juchés sur leur moto, qui tiennent la caméra à bras-le-corps, sans aucun point d'appui, et qui frôlent la voiture... Tandis qu'on roulait, je baissais ma vitre pour leur dire : « Ne vous approchez pas trop. Il va vous arriver quelque chose ! »

P.C. : *Au-delà de cette émotion, quel est le sentiment qui prédomine dans votre esprit le soir du 7 mai ?*

B.C. : La fierté, la joie pour mon mari. Le sentiment d'un aboutissement mérité. Parce que la bataille a été rude, douloureuse, incertaine jusqu'au bout.

P.C. : *Et la phrase de votre mari à votre sujet, vous y repensez, le soir de la victoire ?*

B.C. : Peut-être un peu. Je n'aime pas échouer. Et surtout, je n'aime pas qu'il échoue. Cela soustend toute mon action. Mais, je vous le redis, le combat a été rude. C'était tout de même la troisième fois qu'il se présentait. J'ai beaucoup souffert aussi après la défaite de 1988. Rappelez-vous l'affaire des « quadras ». Jusqu'à Denis Baudouin qui écrivit dans son livre : « On ne ressert pas trois fois les mêmes plats ! » Lorsque mon mari a décidé de se représenter en 1995, j'avais très envie qu'il réussisse. Les défaites, c'est dur, mais c'est formateur. Je ne crois pas qu'en France un homme puisse devenir le chef de l'État sans avoir pris des coups, subi des échecs. Il faut une expérience si vaste dans tous les domaines ! Je voulais profondément que mon mari réussisse. Toutes les épouses éprouvent cela, j'imagine. Cela dit, lorsque ça ne marche pas, ce n'est pas non plus la fin du monde. Il y a des choses pires dans la vie que d'échouer à une élection. Un enfant malade que l'on n'arrive pas à sortir du gouffre, par exemple. Mais dans tout vrai couple, l'épouse a envie que son mari trouve son épanouissement dans l'univers qu'il a choisi. Alors le soir du 7 mai, j'étais très heureuse pour lui. Accessoirement pour moi.

2

« Méfiez-vous du bulldozer ! »

P.C. : *Vous me disiez avoir reçu une « douche froide » lorsque votre mari vous a appris qu'il comptait se consacrer à la politique. Vous avez senti très vite ce que cette décision impliquait d'adaptation dans votre vie personnelle ?*

B.C. : Tout est allé très vite, puisque mon mari a été élu pour la première fois député de la Corrèze en mars 1967. Dans les dix jours qui ont suivi, je reçois à la maison un appel de l'aide de camp du général de Gaulle. « Ici le palais de l'Élysée... » Cet appel imprévu m'a inquiétée. Le colonel Lurin me rassure aussitôt : « Madame, le Général voudrait rencontrer M. Chirac. » Pour le coup, j'étais très surprise. « Écoutez, je vais le prévenir, il est en train de mettre de l'ordre dans ses papiers. A quel numéro peut-il vous rappeler ? » Rendez-vous a été pris. « C'est l'examen de passage », m'a dit Papa. Ce jour-là, le Général l'a gardé une heure. Il a plutôt bien réussi son examen puisque, comme vous le savez, il est entré dans le gouvernement de Georges Pompidou présidé par le général de Gaulle tout de suite après les législatives de 1967.

P.C. : *Et vous-même ? Vous avez été reçue par le général de Gaulle ?*

B.C. : Peu après, le Général et Mme de Gaulle nous ont invités à déjeuner. Ils aimaient beaucoup organiser des déjeuners à six. Nous étions donc avec un autre couple, M. et Mme Edgar Faure. J'étais impressionnée, vous vous en doutez ! Le Général était d'autant plus intimidant qu'il était d'une simplicité et d'une courtoisie remarquables. Je me souviens très bien, nous nous sommes retrouvés dans ce grand salon que les Pompidou ont par la suite transformé, et qui est devenu le salon Paulin, dans l'enfilade de la rue de l'Élysée. J'étais assise sur l'extrême bord de la chaise et mon mari me faisait des signes pour que je recule, il avait peur que je bascule en avant ! Mais le Général s'est montré très courtois. Les grands personnages, les vrais, sont toujours d'une immense simplicité. Nous sommes passés à table et, sentant peut-être que j'étais inquiète, le Général a cherché à me mettre à l'aise. Le fait est que ma famille ne lui était pas inconnue. Mon oncle Geoffroy de Courcel, son ancien aide de camp, a occupé le poste de secrétaire général de l'Élysée pendant plusieurs années. Le Général m'a demandé combien j'avais d'enfants. « Deux filles. — Quel âge ont-elles ? Elles vont à l'école dans votre quartier ? » Je m'en souviens comme si c'était hier. Les choses se sont compliquées lorsque, au détour de la conversation, le général de Gaulle m'a demandé à brûle-pourpoint : « Eh bien, madame, comment vont les ormes en Corrèze ? » Horreur ! Je savais à peine qu'il y avait des ormes en Corrèze, alors vous pensez, leur état de santé... Heureusement, mon mari, le Corrézien, a bondi à ma rescousse : « Mon général, beaucoup d'ormes sont malades, en effet, mais nous pensons avoir trouvé le traitement adéquat, etc. » Jacques a toujours été prompt à répondre. C'est un rapide.

P.C. : *Comment Mme de Gaulle s'est-elle comportée avec vous ?*

B.C. : Très maternelle, très douce, faisant de son mieux pour me mettre à l'aise. Elle voyait bien que j'étais intimidée, en équilibre sur mon bout de chaise. Je crois qu'elle appréciait les gens bien élevés. Si j'avais été une m'as-tu-vue, elle ne m'aurait peut-être pas traitée avec autant de gentillesse. A la fin du repas, c'est amusant, nous avons fait salon à part. Mme de Gaulle m'avait entraînée seule, dans un angle de la pièce, tandis que le Général discutait avec mon mari devant la cheminée. Mais auparavant, entre la poire et le fromage, le Général m'a posé une question qui m'a frappée sur le moment et qui est sans doute à l'origine de beaucoup de choses dans ma vie. « Eh bien, madame, me dit-il, quand vous voulez vous distraire, que faites-vous ? » Il y a eu un léger blanc... Je ne m'occupais que de mes enfants ! C'était une joie profonde, évidemment, même s'il m'arrive de regretter de ne pas avoir eu de vie professionnelle. Donc, subitement, je me suis aperçue que je ne faisais pas grand-chose pour me distraire. J'étais toujours occupée par des tâches domestiques. L'emploi du temps des enfants, tout ce qui tournait autour de la famille. A la suite de ce déjeuner, je me suis dit que je devrais avoir une activité, penser un peu plus à moi. Laurencc, l'aînée, avait neuf ans. Claude, cinq de moins. J'ai pensé que mes filles n'avaient peut-être plus besoin d'une présence constante à la maison. Plus tard, j'ai repris une inscription en faculté. Mon mari était alors ministre de l'Agriculture et, par définition, il était rarement à la maison, toujours par monts et par vaux. Je vous épargne ses commentaires lorsque je lui ai annoncé que je voulais retourner en faculté préparer une licence d'archéologie. Dans un premier temps, il a tout fait pour me décourager. « C'est ridicule, vous allez vous attirer des ennuis ! » Mais j'ai tenu bon. Une fois ma décision prise, il l'a respectée et je crois même qu'il en a été assez fier. Je me suis inscrite à l'Université Paris-I, sous mon nom de jeune fille. Les étudiants se sont montrés très gentils avec moi. Après la licence, j'ai préparé la maîtrise, malheureusement je n'ai pas soutenu mon mémoire sur « La pierre, matériau de construction au XVe siècle dans les pays de la Loire ». Car très vite, dès 1977, ce fut la campagne des municipales à Paris, il fallait sans cesse sillonner les rues, monter les étages, tirer les sonnettes. J'ai abandonné à ce moment-là, parce que j'ai basculé dans d'autres activités...

P.C. : *Reprendre des études, c'était clairement une revendication d'autonomie ?*

B.C. : C'était mon propre choix. J'aime bien décider par moi-même. Encore récemment, nous étions en vacances au bord de la mer. Juste à côté, il y avait une baie d'environ trois kilomètres de large. Nous étions un groupe d'amis, avec ma fille Claude. Il était question de faire la traversée en bateau. Puis quelqu'un a lancé en bombant le torse : « Allez ! Tous à la nage ! » Et j'ai eu envie d'y aller aussi. Mon mari me dit : « Mais voyons, vous voulez toujours faire des choses... Vous n'avez plus l'âge pour ça ! » Eh bien, j'y suis allée quand même ! Si je l'avais écouté, je n'aurais jamais rien fait ! Je serais restée assise là, bien comme il faut, dans le fauteuil, à attendre. Parfois il ne faut pas hésiter à se jeter à l'eau.

P.C. : *Est-ce qu'on peut dire que votre mari a fait évoluer votre personnalité en vous obligeant à vous affirmer ?*

B.C. : Quand on est la femme de Jacques Chirac, on ne peut pas rester trop effacée ! Ou alors on court le risque d'être écrasée. Georges Pompidou me l'avait dit un jour : « Méfiez-vous du bulldozer ! » C'est ainsi qu'il le surnommait. Donc il a bien fallu que je domine cette réserve et que j'essaie de vivre aussi, pour le suivre et l'accompagner. Que voulez-vous, je n'aime pas être écrasée. J'ai évolué, c'est certain, par rapport à cette année 1967-1968 où je déjeunais avec le Général et Mme de Gaulle. Heureusement, d'ailleurs. Lors de mes déplacements, il m'arrive parfois de sentir que les gens sont intimidés de serrer la main de l'épouse du président de la République. C'est pourquoi je m'efforce de rester telle que je suis, aussi accessible que possible. Mais c'est indéniable, mon mari a joué un rôle considérable dans la formation de ma personnalité. Nous nous sommes mariés jeunes, nous avons effectué un long parcours ensemble. Dès lors qu'il avait choisi la politique, j'ai fait ce que j'ai pu pour l'accompagner dans son destin. Je me suis constamment ajustée à ce qu'il pouvait souhaiter de la part de son épouse. Si je ne l'avais pas épousé, j'aurais eu une vie totalement différente, sans doute une personnalité différente. A vingt-deux ans, j'étais encore très naïve à bien des égards et j'ai beaucoup appris. Jean-Luc Lagardère a une belle formule à ce sujet : « Une épouse, une vraie, porte les couleurs de son mari. »

P.C. : *Un époux peut aussi porter les couleurs de son épouse ?*

B.C. : Oui, ça peut arriver. Antoine Veil a bien porté, avec beaucoup d'élégance, celles de Simone.

P.C. : *Cela signifie aussi que vous avez beaucoup sacrifié pour cette carrière politique ?*

B.C. : Nous avons fait des choix, nous avons trouvé un équilibre. Il y a deux côtés dans la balance. Je me suis engagée, moi aussi. J'ai contribué à ce qu'il n'y ait pas de déséquilibre. C'est ainsi que je suis devenue, entre autres, conseillère générale de Corrèze. Au départ, c'était pour aider mon mari. Ensuite, j'y ai pris goût, c'est évident. Dès lors qu'il s'était engagé en politique, j'ai très vite compris que j'avais intérêt à suivre, et plus que cela, à m'engager moi-même, en Corrèze. Parce que j'ai trop vu de ménages en politique qui ont explosé. C'est tellement lourd pour les députés, cet arrachement perpétuel entre l'Assemblée nationale où ils doivent siéger et leur circonscription, lorsque celle-ci n'est pas dans l'environ immédiat de Paris. Pour une vie de famille, ce n'est pas l'idéal. J'ai aidé mon mari dès le début, dès sa première campagne législative, pendant l'hiver 1966. Pour vivre le plus près possible de lui, j'ai essayé d'être complémentaire de son action, notamment dans le domaine social. En visitant les hôpitaux gériatriques et les maisons de retraite. En allant voir certains maires et en prenant des notes, lorsqu'il n'avait pas le temps d'y aller. Il m'a toujours soutenue et encouragée pour mes campagnes électorales en Corrèze. Je suis très fière de représenter le canton de Corrèze à l'assemblée départementale depuis plus de vingt ans.

Je suis très attachée à ce mandat, à la confiance qui m'a été régulièrement renouvelée. C'est une tâche qui m'a beaucoup apporté.

P.C. : *Est-ce que le secret d'une carrière politique réussie aujourd'hui, c'est nécessairement l'engagement d'un couple, l'un épaulant l'autre dans la même direction ?*

B.C. : Je n'en suis pas du tout convaincue. Je suis même prête à tenir le pari qu'un jour l'épouse du président de la République sera une femme qui aura une vie professionnelle et qui la gardera. Elle sera avocate, médecin, chercheur, et elle ne voudra pas lâcher son activité. Pourquoi abandonnerait-elle tout ? Certes, en Amérique, on voit que Hillary a renoncé à sa fonction dans un célèbre cabinet d'avocats pour devenir la première dame des États-Unis. Mais c'est aussi parce qu'elle avait des ambitions politiques qui se sont depuis concrétisées. Les Mitterrand se sont trouvés dans un autre cas de figure puisque Mme Mitterrand travaillait beaucoup au sein de sa fondation France Libertés. En ce qui me concerne, lorsque les choses se sont précisées, c'est-à-dire quand mon mari a été candidat pour la première fois aux présidentielles de 1981, je me suis dit : « Je n'ai qu'une solution, m'impliquer le mieux et le plus possible, m'accrocher au rocher. » Mais il ne faut pas mettre la charrue avant les bœufs. Je n'y croyais pas à ce moment-là. Les choses doivent évoluer progressivement. Il faut lutter avec acharnement, travailler dur. Un jour... si le destin est au rendez-vous... mais rien n'est jamais donné. Je ne me suis pas *sacrifiée*. Le plus dur n'a pas été de commencer, ce sera d'y renoncer un jour. J'aime être au service des autres, j'aime la vie, j'aime convaincre et gagner. Il y a longtemps que je considère comme mon principal objectif de faire honneur aux Français.

P.C. : *Qu'est-ce qui vous différencie des autres premières dames de la Vᵉ République ?*

B.C. : J'ai connu Mme de Gaulle. Mme Giscard d'Estaing et Mme Pompidou sont des amies. J'ai toujours suivi attentivement l'action de Mme Mitterrand. Chacune, nous avons eu un parcours différent. Je pense que nous partageons un certain sens du devoir. Je ne peux pas porter de jugement.

P.C. : *Y a-t-il une femme de chef d'État pour laquelle vous avez une admiration particulière ?*

B.C. : J'ai eu et j'ai toujours une affectueuse admiration pour Claude Pompidou. Sa solide et chaleureuse amitié compte beaucoup pour moi. Elle a apporté une dimension culturelle et contemporaine au mandat du président Pompidou. Elle incarnait à ses côtés une époque de changement, une évolution de la société. Hillary Clinton représente une dimension essentielle des mandats présidentiels de son mari. Méthodique, courageuse, engagée, ambitieuse. Pour son pays, pour son conjoint et pour elle aussi. Son engagement, par exemple dans sa tentative de réformer le système de santé américain, montre combien une certaine complémentarité peut exister, au plus haut niveau, entre un élu, sa femme et la volonté d'œuvrer pour le bien commun.

P.C. : *On lui a prêté une forte influence sur le président Clinton. De votre côté, vous dites que vous avez aidé votre mari, mais y a-t-il eu aussi des moments où votre influence a été déterminante ?*

B.C. : Non.

P.C. : *Des moments où vous avez pesé sur un événement ? Quel qu'il soit, petit ou grand ?*

B.C. : Écoutez, j'ai lu à peu près tout ce qui a pu être écrit sur le Général et Mme de Gaulle parce que le sujet me passionne. Les témoignages varient sur l'influence que Mme de Gaulle aurait pu exercer sur le Général. Ce qui domine dans les confidences des proches, c'est que le Général était très à l'écoute de son épouse. Elle avait plus d'influence qu'on ne l'imaginait à l'époque, car on en a fait un personnage réservé. Nous ne sommes pas de la même génération mais, vous savez, un homme évolue toujours plus ou moins dans l'orbite de sa femme. En particulier le Corrézien, qui bombe le torse sur la place publique mais qui est bien différent lorsqu'il rentre à la maison. Dans ces régions du Massif central, l'influence des femmes est majeure, notamment en période d'élections. Pourquoi le couple Chirac échapperait-il à la règle ? En tout cas, je ne me prive pas de donner mon avis. Un peu trop à son goût d'ailleurs, puisqu'il m'accuse de jouer la mouche du coche ! Je lui dis ce que je pense des hommes, des méthodes, des réalisations. J'essaie de lui apporter des réflexions constructives. Quand un geste, une action font honneur à la France, lorsque j'entends des propos qui peuvent l'encourager, je ne manque pas de lui en faire part. Le premier « supporter » doit relayer ce qu'il perçoit dans l'opinion. Mais je reconnais que je suis souvent critique parce que ma nature le veut. S'il ne s'agit que de faire des compliments, ce n'est pas la peine, il y en a suffisamment qui s'en chargent ! Le rôle d'une épouse est tout autre. Il s'agit d'être vraie, de dire la réalité telle qu'on la perçoit. Parler d'« influence » est trop dire. De toute façon, je ne suis pas une intrigante. D'ailleurs, j'ai eu beau lui répéter certaines choses tous les matins dans la salle de bains, il n'y a rien eu à faire, il ne m'a pas écoutée !

P.C. : *La salle de bains, c'est le lieu privilégié où vous pouvez dire les choses en face ?*

B.C. : Ce n'est pas une question de lieu, mais de moment. Mon mari n'est pas un homme du soir. Mon beau-père était ainsi, ma belle-mère m'avait prévenue : « Jacques est comme François. Le soir, si vous avez quelque chose à dire, gardez-le pour vous, mais le matin, allez-y ! » C'est ce que je fais, entre deux radios allumées.

P.C. : *Par exemple, quel genre de messages tentez-vous de faire passer ?*

B.C. : Par exemple, lorsqu'il est parti il y a quelques mois pour le Sommet européen de Göteborg, il y avait eu un « accrochage » à l'Assemblée nationale, où le Premier ministre mis en cause à propos de son passé s'en était pris au président de la République. Je lui ai rappelé de faire très attention à l'image de la France. Si lui y est très attentif dans ces périodes, il y a toujours des risques de dérapage des uns et des autres.

Lorsqu'il se rend en province, il m'arrive aussi d'appeler son attention sur tel ou tel problème, social ou économique, qui m'avait été signalé, soit lors d'une visite antérieure, soit par un courrier qui m'avait été adressé.

P.C. : *Avez-vous parlé de la dissolution avec votre époux ?*

B.C. : Oh ! A l'époque... je n'ai pas eu à intervenir. Mais quel couple de Français qui s'intéresse un tant soit peu à la vie de son pays n'en a pas fait de même ? En tant que citoyenne ayant une responsabilité élective, confrontée régulièrement aux opinions des Français sur le terrain, j'avais mon opinion. Je me suis efforcée de lui expliquer que je pensais que cette décision devait s'accompagner d'un changement d'équipe. Il a justifié la dissolution, les Français n'ont peut-être pas compris ce que cela impliquait pour l'avenir.

P.C. : *Il vous arrive bien de le convaincre de faire certaines choses ?*

B.C. : Sur des sujets précis, bien sûr. Par exemple, à Pâques dernier, nous sommes allés une semaine à Brégançon. Il a réussi à se sauver quelques jours entre deux Conseils des ministres. Juste avant de partir, je reçois un petit mot charmant de David Douillet qui tient à ma présence pour son mariage avec Valérie. Ils ont eu un petit garçon, Matéo, qui est, à trois ans, le portrait craché de son père ! « Je compte sur vous, ce serait le bonheur absolu... » J'aime beaucoup David, qui est un immense champion doublé d'un homme épatant. J'avais très envie d'assister à ce mariage. J'annonce la chose à mon mari le soir, avec précaution : « Je suis désolée, ça va vous contrarier parce que ça tombe pendant la semaine que vous prenez à Brégançon, mais je veux aller à ce mariage. Je vais retenir une place d'avion. En revanche, je dirai à David que je ne reste pas au dîner parce que je dois rentrer coucher à Brégançon. » Il me répond qu'il va y réfléchir. Et le matin : « Je viens avec vous. » C'est une petite victoire pour moi ! Avec la vie qu'il mène, que nous menons, il a rarement un moment pour faire quelque chose avec moi. Il apprécie aussi beaucoup David Douillet, mais il le connaît moins que je ne le connais. Et nous avons passé une journée merveilleuse. Vous voyez, j'ai peu d'influence sur les sujets de fond. Alors je me contente de gagner des petites parties comme celle-là, de tisser ma toile au quotidien.

P.C. : *De votre côté, lorsque vous vous déplacez en province, où vous êtes amenée à rencontrer des élus, ou lorsque vous allez au « 20 heures » de Patrick Poivre d'Arvor, vous consultez votre mari ? Vous en parlez au service de communication de l'Élysée ?*

B.C. : Pas du tout. C'est mon domaine.

P.C. : *Il ne faut surtout pas en parler ?*

B.C. : Écoutez, monsieur de Carolis, j'estime que je n'ai pas encore commis d'erreur monumentale, je suis quand même d'un naturel prudent, voire méfiant. Je ne vais pas lever le doigt chaque fois que je vais quelque part, en région ou au journal télévisé. Si je vais chez Patrick Poivre d'Arvor, c'est parce que TF1 est partenaire de l'opération « Pièces jaunes ». C'est toujours en relation avec la fondation. Je n'ai pas à demander une permission.

P.C. : *Ce fut aussi le cas de votre voyage dans la Somme, au moment des inondations ? Comment avez-vous décidé de vous y rendre ? Et pourquoi de façon aussi discrète ?*

B.C. : J'ai d'abord réagi comme tous les Français qui ont vu à la télévision les habitants de ces communes dans une grande détresse. N'oubliez pas que j'ai été élevée au bord de la Loire, je sais ce que c'est que des eaux qui montent à toute vitesse, qui envahissent les maisons et qui ravagent tout sur leur passage. A vrai dire, quand j'avais dix ans, je me souviens surtout de notre amusement, à mes cousins et moi, à courir dans les prés avec de l'eau jusqu'aux genoux. Mais les dégâts étaient considérables. Par ailleurs, mes grands-parents paternels avaient une propriété au bord de la Seine et il m'est arrivé bien souvent d'aider à monter les livres et certains meubles au premier étage, dès que la Seine débordait. Mon grand-père avait marqué sur la façade de la maison la fameuse crue de 1910. Si mon père, qui avait alors trois ans, ne s'en souvenait pas, toute la famille en parlait encore. J'étais donc sensibilisée au problème. Mais surtout, c'est le devoir de la femme du chef de l'État, dans la mesure où elle peut le faire, où ça ne gêne ni le Président ni le gouvernement, de témoigner sa sympathie aux Français qui sont dans la difficulté à la suite d'un événement imprévisible. Il m'était difficile de rester ici, dans le décor de l'Élysée, à continuer mes activités quotidiennes, sans apporter une preuve directe d'amitié à ces familles. Et puis je suis une pragmatique. J'éprouvais le réel besoin d'aller sur place, pour me rendre compte et voir comment, éventuellement, je pourrais leur être utile.

P.C. : *Vous auriez pu médiatiser ce déplacement. Or il s'est fait dans la plus grande discrétion. C'est une affaire de style personnel ?*

B.C. : Le geste perd toute sa valeur, toute sa spontanéité, si on se fait accompagner de photographes et de journalistes. Cela devient presque une « opération » intéressée, pour qu'on en parle, pour qu'on montre des images. Je voulais une action aussi discrète que possible et je crois que nous y sommes assez bien arrivés. Jusqu'à ce que l'on rencontre, fortuitement, un photographe du *Courrier picard* à Fontaine-sur-Somme. Il a pris quelques photos, je n'allais pas me battre avec lui. Ensuite, il a fait son métier, il a signalé qu'il m'avait rencontrée. Mais ça ne nous a pas gênés parce que la télévision n'est arrivée à Abbeville qu'au moment où je partais. J'ajoute que vis-à-vis des familles qui étaient restées dans leurs maisons inondées, et qui vivaient dans des conditions très pénibles, j'aurais eu honte d'arriver accompagnée d'une nuée de photographes.

P.C. : *Qu'avez-vous vu ? Quelles images vous ont frappée ?*

B.C. : Cette vaste étendue d'eau, comme un lac immense, c'est très impressionnant. On m'a expliqué que l'eau n'est pas seulement venue de la Somme. Les nappes phréatiques étaient absolument pleines. L'eau est venue par en dessous et elle a rejoint l'eau de la Somme qui a débordé. Des dames m'ont montré dans leur cuisine que de véritables geysers avaient jailli du carrelage. On m'a donné quelques chiffres : une centaine de communes sinistrées, près de trois mille habitations inondées, un millier de personnes évacuées, parfois dans des circonstances dramatiques, surtout pour les personnes âgées qui ne voulaient pas quitter leur domicile. Il y en a qui ont tout perdu, jusqu'à leurs souvenirs, leurs albums de photos... En marchant sur des planches, nous sommes allés visiter un certain nombre de personnes qui avaient choisi de rester dans leur maison. Elles avaient placé leur mobilier sur des piles de parpaings, certaines disposaient de petites pompes qu'elles mettaient dans leur sous-sol ou dans leur rez-de-chaussée, et qui rejetaient une partie de l'eau. Mais la nuit, il faut se lever toutes les deux heures pour réamorcer la pompe. J'ai trouvé tous ces gens très courageux. La caractéristique des habitants de cette région, c'est qu'ils gardent leur sang-froid, qu'ils ne montrent pas leurs émotions ni leur désarroi. Ils vous exposent avec beaucoup de gentillesse et de simplicité la manière dont ils se sont organisés. Et puis une dignité immense, face à ce drame qui entraîne de graves ennuis personnels, de santé pour certains, des soucis professionnels... Tout s'accumule. J'ai visité une ferme où habitaient deux personnes âgées, d'environ quatre-vingts ans. La vieille dame m'a dit que pour la première fois de leur vie ils avaient reçu un colis de la Croix-Rouge. Ils avaient ressenti une extrême humiliation de voir qu'on leur faisait la charité, eux qui n'avaient jamais rien demandé mais s'étaient toujours efforcés de donner, malgré leurs moyens modestes. C'est en recevant ce paquet qu'ils ont compris à quel point la situation était grave.

P.C. : *Quelle a été la réaction de ces personnes en vous voyant arriver à l'improviste ?*

B.C. : J'ai été très bien reçue partout. A midi, quelques familles ont déjeuné avec nous dans un petit café de Fontaine-sur-Somme. Il y avait là notamment un éleveur qui avait fait évacuer ses vaches laitières chez un éleveur qui était « au sec ». Nous avons visité sa ferme, un bâtiment du début du siècle. Il m'a montré que même dans ces murs épais, l'humidité s'infiltrait, montait par capillarité. Il avait mis des piles de briques pour empêcher quatre gros radiateurs en fonte d'arracher toute la tuyauterie. Vous imaginez les ravages, sur le plan de l'habitat et sur le plan psychologique ! Cet éleveur, comme tous les autres présents, parlait de leurs taxes, de l'électricité, de leurs charges qui continuaient à courir, alors qu'il n'y avait plus aucune rentrée. C'était le cas d'un jeune artisan plombier qui s'était installé depuis peu à Fontaine-sur-Somme, qui avait investi dans son matériel : « J'ai tout perdu, je ne peux pas contracter d'emprunt, personne ne me prêtera, et je ne peux pas refaire une deuxième installation. » C'est poignant parce que c'est l'outil de travail qui est touché, pas seulement l'habitat. Toute la vie est perturbée. A Abbeville, nous avons vu les enfants dont les écoles sont inondées et qui sont dirigés en cars scolaires vers des locaux provisoires où leurs instituteurs leur font la classe. Le soir, on les ramenait à Abbeville où les familles venaient les chercher. Heureusement, il existe une solidarité régionale formidable. Et puis les gens étaient très encadrés par les pompiers, la gendarmerie et l'armée, présents partout. Mais il y avait quand même une usure des nerfs, une tristesse, un profond désarroi.

P.C. : *Pas un mot de reproche, aucune hostilité à l'égard des visiteurs parisiens ?*

B.C. : Non, partout la surprise et la gentillesse. Beaucoup s'interrogeaient, cherchaient à comprendre. Les plus anciens prétendaient que le lit de la Somme n'aurait pas été dragué depuis 1930. D'autres rappelaient qu'au début du siècle, jusqu'à la Seconde Guerre mondiale, il y avait des petits canaux de dérivation, mais qu'ils n'ont pas été entretenus. Tous redoutaient que l'eau ne se retire pas avant le mois de septembre, au moment où on attaque l'automne et la saison des pluies. Personnellement, je redoutais surtout la décrue. Car j'ai vécu cette situation quand la Seine débordait. En général, l'eau redescend encore plus vite qu'elle ne monte. Et le problème, c'est que beaucoup de ces maisons sont des constructions légères. De la brique, un peu de béton et du plâtre. Après deux mois dans l'eau, est-ce qu'on ne sera pas obligé de les raser pour éviter des accidents ? C'est là qu'on risque des drames personnels. Mais une chose revenait souvent dans la bouche de ces gens : « Madame Chirac, on a un malheur, on fait face. Mais il faudrait que les pouvoirs publics prennent les mesures techniques pour que ça ne se renouvelle plus. » Je comprends leur réaction. L'ennuyeux, en France, c'est qu'on se noie dans la paperasserie, les complications administratives, les contrôles, les hiérarchies qui se superposent... On perd un temps effroyable, au détriment de l'action efficace.

P.C. : *On vous sent très sensibilisée par ce drame, on sent aussi que vous aimez ce contact direct avec les Français, que vous êtes là dans votre élément...*

B.C. : Vous savez, les gens se rendent très vite compte si vous êtes quelqu'un d'authentique ou si vous jouez la comédie. C'est très curieux et, au fond, je ne l'ai compris qu'assez récemment. Il faut passer du temps avec eux. Les gens observent votre comportement, lorsque vous marchez dans la rue, que vous entrez dans les commerces, que vous faites une visite dans un hôpital. A force de vous voir dans différentes circonstances, à différentes époques, ils finissent par se faire une idée de qui vous êtes vraiment.

P.C. : *Vous avez déclaré un jour : « On s'est trompé sur moi. » A quoi faisiez-vous allusion ? En quoi s'est-on trompé ?*

B.C. : On m'a prise pour une personne très effacée. C'est une étiquette qui m'a longtemps collé au dos. La presse y faisait référence, prétendant que je « n'existais pas », voire que je « ne figurais pas sur les photos de famille » ! Je vais vous raconter à ce propos une anecdote édifiante, même s'il m'en coûte, parce que c'est un souvenir assez désagréable pour moi. En 1995, pour le premier 14 Juillet après les élections présidentielles, l'Élysée avait accueilli des milliers de jeunes sur sa pelouse après le défilé. Il avait été prévu d'inviter autour de mon mari des délégations de jeunes représentant les principales régions de France. Cela faisait une grande table d'une quarantaine de personnes dans le salon Paulin. J'étais au courant de ce déjeuner. En consultant la liste des invités, j'avais vu qu'il y avait un jeune agriculteur de mon canton. J'ai donc dit à mon mari que cela me ferait plaisir d'être à table avec lui. Il me répond comme toujours entre deux portes : « Mais naturellement ! Demandez qu'on vous mette une assiette. » Je descends à l'office. Je demande si ma place est prévue. « Non, madame, il n'y a que le Président et ses invités... — Eh bien, mon mari a demandé que je sois à table. — Ah ! bon, très bien, madame, nous allons ajouter un couvert. » Je retourne dans le jardin, où il y avait encore beaucoup de monde. Au bout d'un moment, sur la terrasse du parc, un collaborateur du palais s'approche et me glisse : « Madame, il est impossible que vous déjeuniez avec les jeunes agriculteurs et le Président parce que, vous comprenez, ça ferait papa, maman et leurs enfants. Nous nous sommes permis de faire retirer votre couvert. — Très bien, n'en parlons plus », ai-je répondu.

P.C. : *Comment avez-vous pris la chose ?*

B.C. : Je n'ai rien dit, mais j'étais furieuse.

P.C. : *Cela, c'était en début de septennat. Une telle situation pourrait-elle se reproduire aujourd'hui ? Vous laisseriez-vous faire ?*

B.C. : Certainement pas.

P.C. : *Vous vous qualifiez de « mineur de fond ». Lors des dernières municipales, on vous a vue « aller au charbon », autrement dit entreprendre de nombreux déplacements en province pour soutenir des candidats de l'opposition. Des initiatives qui ont suscité de nombreux commentaires et une presse considérable. Vous avez été surprise par l'ampleur de ces réactions ?*

B.C. : Très surprise. J'ai trouvé ces réactions à la fois imprévisibles et totalement excessives. Soudain, je devenais l'égérie de la droite ! Alors que j'étais restée la même personne. Je n'ai rien fait d'extraordinaire. Je suis allée rendre visite à quelques candidats, c'est vrai, mais ils me l'avaient demandé. Des personnes que je connais bien, chez qui je suis allée plusieurs fois. A force de rencontrer les maires, les députés qui viennent accueillir la femme du président de la République, j'ai naturellement été l'objet de sollicitations. On m'a demandé si je n'avais pas l'intention de faire un tour à l'occasion des municipales. C'est ainsi qu'en me rendant pour la quatrième année consécutive au Corso fleuri, le défilé de chars de Bormes-les-Mimosas, j'en ai profité pour aller soutenir des candidats à Hyères et à Toulon. J'ai déjeuné en compagnie de M. Gaudin. Je me suis rendue également à Avignon et à Nîmes. Je suis restée plusieurs jours à Tulle et à parcourir le département de la Corrèze.

P.C. : *Ce qui a surpris, c'est peut-être votre combativité, à un moment où cela ne semblait pas la caractéristique première de la droite ?*

B.C. : Ah, moi, je me bats toujours jusqu'au bout. Quant au reste, je vous rappelle que ces élections, en particulier en province, ont été un succès pour l'opposition.

P.C. : *Comprenez-vous qu'on puisse mettre en question la légitimité de vos interventions dans cette campagne ?*

B.C. : Je considère que j'ai une légitimité indiscutable, en tant qu'élue locale. Une légitimité qui d'ailleurs n'est pas nouvelle, elle remonte déjà à vingt ans. Donc, en tant qu'élue locale, même modeste, j'estime tout à fait légitime de rencontrer d'autres élus ou des candidats à l'élection. Je suis de plain-pied avec eux, ils m'accueillent en tant que collègue ou future collègue. Je ne vois pas pour quelle raison je ne répondrais pas à leur invitation, dans la mesure où mon emploi du temps me le permet. Je me suis engagée dans cette tournée de manière toute spontanée, parce que les gens m'ont invitée, comme ils le font depuis des années. Peut-être à une cadence un peu plus soutenue parce que c'était la campagne des municipales, mais des déplacements en province, j'en ai fait depuis 1995 ! J'ai passé mon temps à aller en régions, pour toutes sortes de raisons ! Non, le seul phénomène nouveau est un phénomène de presse. D'ailleurs, je n'ai rien abandonné de mes activités habituelles : j'ai continué à présider le conseil d'administration du Festival international de danse de la Ville de Paris, j'ai organisé les Réunions du Pont-Neuf, cette association que j'ai créée au lendemain de la chute du mur de Berlin pour favoriser les échanges entre des jeunes Français et des jeunes de l'Europe de l'Est et du Centre. Je suis allée travailler très régulièrement dans mon canton en Corrèze, entre autres choses pour préparer l'arrivée de l'étape du Tour de France le 25 juillet... Contrairement à ce qu'on a voulu faire croire, je ne tourne pas à toute vitesse à travers la France pour cause de campagne électorale. A entendre les journalistes, on dirait que je me suis soudain drapée dans un drapeau tricolore, que je suis partie en croisade. « Il y a deux personnes en campagne en France, c'est Lionel Jospin et Bernadette Chirac », pouvait-on lire. C'est grotesque. De grâce, ne tombons pas dans les excès !

P.C. : *A Paris, votre soutien à Philippe Séguin a aussi soulevé une levée de boucliers de la part du maire en place, Jean Tiberi. Comment les choses se sont-elles passées ?*

B.C. : J'ai visité l'Institut mutualiste Montsouris à la demande de Françoise de Panafieu, qui connaît personnellement cet établissement. L'Institut mutualiste Montsouris est un hôpital qui regroupe l'ancien hôpital de la Cité universitaire et l'hôpital de la Porte-de-Choisy. C'est un établissement qui constitue une superbe réussite sur le plan architectural, mais aussi parce qu'il y a eu fusion en partie des personnels de ces deux établissements. Certains services sont des services de pointe. Je pense en particulier à la chirurgie cardio-vasculaire, au service d'urologie et aussi à celui des adolescents que dirige le professeur Philippe Jeammet. On était, à cette époque, en campagne électorale pour les municipales et Françoise de Panafieu a proposé à Philippe Séguin, qui conduisait la campagne dans Paris, de venir voir cet établissement. Nous nous sommes retrouvés tout naturellement avec un certain nombre d'élus dont Nicole Catala, député de l'arrondissement, et le docteur Edwige Antier, pédiatre, qui était, elle, tête de liste dans le 8e arrondissement. Chacun connaît mon intérêt pour les services hospitaliers. Il n'y avait pas dans mon esprit le souci de blesser, de heurter ou de choquer qui que ce soit.

P.C. : *Revenons à votre rôle personnel pendant cette campagne. Ce tapage médiatique autour de vos déplacements, ce fut tout de même une revanche éclatante pour vous, non ?*

B.C. : Quelle revanche ? Je n'ai pas l'impression de prendre une revanche. Écoutez, cela me fait plaisir, bien sûr, que l'on reconnaisse mon travail. Mais ce qui est insupportable, dans cette notion de revanche, c'est tout ce qu'on a essayé de mettre derrière. En particulier, on a voulu m'opposer de manière très perverse à ma fille qui, comme vous le savez, est chargée de la communication à l'Élysée. Cette histoire d'opposition entre Claude et moi est complètement inventée par la presse. « La revanche de Bernadette », titrait un hebdomadaire. « Oubliés les débuts à l'Élysée où elle peinait à s'affirmer aux côtés du Président et de sa fille... » « Évincée des photographies familiales et marginalisée... » Voilà le tableau qu'on a essayé de dresser ! Tout cela est pure invention. Ma fille joue un rôle important au sein du cabinet du président de la République, tout le monde le sait. Elle est chargée de la communication, donc des relations quotidiennes avec la presse, rôle dont elle s'acquitte très bien. Elle a une responsabilité. Moi pas. D'ailleurs, la femme du président de la République n'a pas de fonction propre. Sinon d'être la maîtresse de maison de l'Élysée. Elle accomplit ses devoirs de femme de chef d'État en accompagnant le Président dans des voyages à l'étranger, par exemple. Mais je n'ai strictement aucun rôle à jouer au sein du cabinet. Il n'y a donc aucune concurrence entre ma fille et moi et il ne peut y en avoir. Bien sûr, à force de travail, depuis des années, j'ai conquis une autonomie personnelle, acquis mes propres responsabilités et cela a fini par se remarquer. Mais cela n'a rigoureusement rien à voir avec le travail du cabinet, il ne faut pas mélanger les genres.

P.C. : *En somme, le bonheur aurait été parfait si vous ne sentiez pas que certains en profitent pour essayer de semer la zizanie entre vous et certains proches ?*

B.C. : C'est un peu trop d'un seul coup, alors que j'ai simplement été moi-même, essayant de faire ce que je pensais devoir faire. Cela m'inquiète un peu parce que ce tohu-bohu autour de moi risque d'exciter la méchanceté de certains. J'ai très peur du scandale, de la publicité. Je préférais ne plus regarder les « Guignols ». Il paraît qu'ils faisaient dire à mon mari : « Vous n'auriez pas vu Maman ? » On cherche Maman partout, mon mari est seul à l'écran, avec la façade de l'Élysée en arrière-plan, pendant que je sillonne la France, mon sac à main sous le bras : « Maintenant, j'ai pris mon indépendance... » Je sais bien qu'il faut rire des caricatures, mais enfin... L'autre aspect qui me déplaît foncièrement, c'est cette compilation de propos que l'on m'attribue sur Dominique de Villepin, le secrétaire général de l'Élysée. Je n'ai jamais rien déclaré sur Dominique de Villepin, si ce n'est pour souligner son brio et son intelligence. Il vient d'écrire un livre remarquable sur les Cent-Jours de Napoléon.

P.C. : *On a mis dans votre bouche que vous le détestiez.*

B.C. : Si on peut trouver une seule interview où j'ai dit une chose pareille, qu'on me la montre !

P.C. : *Vous l'avez détesté un jour ?*

B.C. : Non. Lors de la campagne présidentielle de 1995, il est vrai que nous avons eu un échange un peu tendu, dû non pas à une relation personnelle conflictuelle, mais au contexte difficile d'une campagne qui se durcissait. Nous étions tous nerveux. Pour moi, c'est de l'histoire ancienne, c'est oublié.

P.C. : *Est-il vrai que vous ayez traité M. de Villepin de Néron ?*

B.C. : Je l'ai dit une fois, je ne sais pas pourquoi. Je pense qu'il n'est pas toujours très tendre avec ses interlocuteurs. Si on n'a pas le niveau intellectuel, on ne compte guère...

P.C. : *Il vous a dédicacé son livre sur Napoléon ?*

B.C. : Oui. Un mot très simple mais gentil : « A Madame Jacques Chirac, cette chronique de l'honneur, d'une passion ancienne, avec ma fidèle et respectueuse considération. »

P.C. : *Vous allez peut-être lui offrir votre livre. Quelle sera votre dédicace ?*

B.C. : Ah ! Vous me prenez de court ! Peut-être : « A Néron, pour qui, en réalité, j'ai estime et amitié. »

P.C. : *Considérez-vous que vous êtes d'une certaine manière celle qui aujourd'hui porte le bon sens dans l'entourage de votre époux ?*

B.C. : Ce serait bien prétentieux de ma part ! Non, il y a des individualités très remarquables dans le cabinet, des gens qui ont à la fois du bon sens et des principes, et qui sont parfaitement capables de donner un reflet juste de la société et de ses aspects économiques, sociaux et culturels.

P.C. : *Comment a réagi votre mari face à votre triomphe pendant les municipales ?*

B.C. : Il n'a pas beaucoup aimé cette avalanche de presse. Jusqu'à présent, lorsque j'ai fait une ou deux émissions de télévision, il était ravi. Un peu d'appréhension d'abord, puis tout s'est bien passé. Mais cette espèce d'explosion de presse insensée à mon propos, je suis sûre qu'il voit cela d'un mauvais œil.

P.C. : *Que vous fassiez un tabac dans la presse, qu'on vous présente comme le nouvel étendard de la droite, ça ne l'épate pas ?*

B.C. : Non.

P.C. : *Que vos raisonnements soient justes, ça ne l'épate pas ?*

B.C. : Il aimerait pouvoir trouver auprès de moi la tranquillité, la sécurité, l'optimisme. Je suis souvent critique, pas assez cool...

P.C. : *Vous aimeriez qu'à un moment donné votre mari se pose une heure avec vous ici, dans votre bureau, qu'il analyse la situation actuelle en disant : « Maintenant, que me conseillez-vous de faire ? »*

B.C. : Il sait ce que je pense.

P.C. : *Donc vous ne donnerez plus de conseils ?*

B.C. : Des réactions, des avis, simplement. Je continuerai à écouter les gens, à relayer ce qu'ils pensent. Le pire danger du pouvoir, c'est l'isolement.

3

« Mon fils aurait pu faire n'importe quel mariage ! »

P.C. : *Au fil de notre conversation, vous avez déjà évoqué certaines oppositions de tempérament entre vous et votre mari. Toutefois, en dépit de ces différences, et malgré des moments sans doute chaotiques, aux yeux des observateurs votre couple apparaît fort, indestructible. Comment vous-même qualifiez-vous votre couple et comment expliquez-vous sa longévité ?*

B.C. : Je vais sans doute vous surprendre, mais je crois que nous avons toujours un peu, l'un vis-à-vis de l'autre, un comportement d'étudiants. Nous avons commencé comme un couple de jeunes étudiants. Nous nous sommes connus à Sciences Po, nous nous sommes fiancés alors qu'il venait de passer son diplôme de sortie et qu'il préparait le concours de l'ENA, qu'il a d'ailleurs réussi du premier coup. Ensuite, j'ai pris des cours de dactylo afin de lui taper à la machine des quantités de dossiers, sur le syndicalisme agricole ou sur je ne sais quel autre sujet. Je me souviens très bien, j'attendais Laurence, ma fille aînée, et je tapais à la machine pendant des heures... C'était un ménage d'étudiants comme il y en a beaucoup aujourd'hui. Au fond, je pense que ce départ dans la vie nous a beaucoup marqués tous les deux. Nous continuons, dans une certaine mesure, à nous comporter comme des étudiants qui s'aident mutuellement pour préparer leurs examens. C'est-à-dire que j'ai toujours essayé de l'épauler, à travers des quantités d'actions diverses et variées. Comme je vous le disais, je n'aime pas qu'il perde.

P.C. : *J'ai remarqué que vous vouvoyez votre mari. Pour un couple d'étudiants, ce n'est pas franchement banal. Ce vouvoiement tombe-t-il dans l'intimité ?*

B.C. : Écoutez, c'est ainsi, je ne tutoie pas. J'ai été élevée dans une famille où le « vous » était de rigueur. Mon grand-père, diplomate de carrière, ma grand-mère vouvoyaient leurs enfants. Les frères et sœurs — mon père était l'aîné de dix enfants, je l'ai dit — se vouvoyaient entre eux. En ce qui me concerne, c'est assez curieux, je vouvoyais mon père et je tutoyais ma mère. Mais ils se vouvoyaient entre eux, et quand mon mari, étudiant, a souhaité que je m'associe à son groupe de travail, j'ai dû lui faire comprendre que je n'étais pas d'un naturel familier.

P.C. : *Lui aurait préféré vous tutoyer ?*

B.C. : Oui. Il tutoie très facilement.

P.C. : *Et c'est vous qui avez instauré le vouvoiement ?*

B.C. : Comme vous le savez, nous étions dans la même conférence de méthode en première année. En conférence, il y avait des fiches de lecture à rendre chaque semaine. Je lisais scrupuleusement les ouvrages désignés. Je me rappelle *De la démocratie en Amérique*, de Tocqueville. Il me demandait de lui communiquer mes fiches. Et d'après mes fiches, sans avoir lu le livre, il trouvait le moyen d'avoir une bien meilleure note que moi. C'était injuste mais c'était ainsi.

Lorsqu'il est venu me trouver en bibliothèque pour me proposer de faire partie d'un groupe de travail, je ne le connaissais absolument pas. Ensuite, à ce moment-là, le tutoiement n'était pas général. Et puis nous avons tous notre culture, notre héritage familial. N'oublions pas non plus que j'étais très jeune. J'avais dix-huit ans lorsque j'ai fait la connaissance de mon mari. Je sortais de l'École normale catholique, située dans le 15e arrondissement, après avoir été chez les sœurs dominicaines. Et lorsqu'une jeune fille entrait à Sciences Po, ce n'était pas pour aller prendre le café à la sortie des cours avec des garçons. Je me souviens qu'un jour je croise mon futur mari et son ami Michel Rocard : « Venez, on va prendre un café à la Rhumerie martiniquaise. » Je les ai accompagnés mais j'étais malade à l'idée que quelqu'un de ma famille puisse passer boulevard Saint-Germain et répandre la nouvelle : « J'ai vu Bernadette à la terrasse d'un café avec des garçons. » Cela paraît impensable pour des jeunes aujourd'hui. Attention, c'était tout de même une époque où le port du pantalon était interdit aux jeunes filles à Sciences Po !

P.C. : *Avec vos filles, Laurence et Claude, quelle est la règle ?*

B.C. : Oh ! Alors elles, c'est tout naturel, je les tutoie, elles me tutoient et elles tutoient leur père. Quant à mon petit-fils, c'est bien simple, il nous appelle par nos prénoms ! Martin m'appelle Bernie et il appelle son grand-père Jacques. Les temps ont changé.

P.C. : *Comment vous appelle votre époux ?*

B.C. : Bernadette. Quand il me cherche à travers l'Élysée, il crie tellement fort que tout le palais peut l'entendre !

P.C. : *Et dans l'intimité ?*

B.C. : Bichette. Il y a très longtemps, il m'a offert une petite caricature adorable de Faizant, représentant une chèvre qui, debout sur ses pattes arrière, se dresse devant un bureau auquel travaille un écrivain. Et la chèvre pleure. Il trouvait que ce dessin reflétait bien mon état d'esprit : je passais mon temps à protester parce qu'il n'était jamais à la maison, toujours par monts et par vaux, les week-ends en Corrèze.

P.C. : *Il vous appelle Bichette mais respecte le vouvoiement.*

B.C. : Ah, oui !

P.C. : *Dans un moment d'émotion intense ou de colère, le tutoiement n'est jamais sorti ?*

B.C. : Quand j'avais dix-huit ans, j'étais assez distante, c'est ma nature. Je le suis restée un peu, je crois. L'habitude était prise.

P.C. : *Il était sans doute bien élevé, lui aussi...*

B.C. : Mon mari a été très bien élevé, par des parents très sévères, dont il était le fils unique. Ma belle-mère était une femme extraordinaire, très belle, très bonne, toujours en train de rendre service à quelqu'un, très bonne cuisinière, un vrai personnage. Je l'ai assez vite bien connue, car je la voyais souvent, à l'occasion de ces réunions de travail que nous tenions chez lui, une fois par semaine. De son côté, ma future belle-mère s'est rendu compte que j'étais une jeune fille, disons, plutôt bien élevée. A la fin de la première année de Sciences Po, son fils Jacques s'en va passer l'été en Amérique. Il fait un stage à la Business School de Harvard et le soir il est plongeur dans un restaurant Howard Johnson. Et là, il rencontre une jeune fille « ravissante » — à ce qu'il dit, je n'ai vu que les photos. Elle l'appelait « *honey child* ». Bref, le voilà qui écrit à ma belle-mère, des États-Unis — j'ai gardé ses cartes postales — : « Je suis fiancé ! » Cette Américaine au volant de magnifiques voitures décapotables lui avait tapé dans l'œil. Ma belle-mère m'avait téléphoné chez mes parents : « Mademoiselle, vous ne voudriez pas venir prendre une tasse de thé avec moi, parce que je suis très inquiète pour mon fils ? » J'y suis allée. « C'est épouvantable ! Il faut que vous m'aidiez, je ne veux pas d'une belle-fille américaine qui roule en décapotable ! »

P.C. : *Ce sont eux qui ont influencé, en quelque sorte, le choix de votre mari ?*

B.C. : Influencé, non, ils étaient favorables à notre union. Mais ma belle-mère disait à Maman : « Vous savez, madame, mon fils aurait pu faire n'importe quel mariage ! » Cette phrase, Maman me la ressortait encore à quatre-vingt-dix ans ! Elle lui était restée en travers de la gorge. C'est qu'il avait du succès ! Un succès énorme — partout. Dans tous les milieux. Et des filles éblouissantes... « Il aurait pu faire la carrière de Cary Grant ou de Gary Cooper ! » ajoutait encore ma belle-mère à l'intention de Maman.

P.C. : *Vous étiez jalouse de ce succès ?*

B.C. : Jalouse du succès, non. Jalouse tout court ! Il y avait de quoi. Mon mari n'est pas un homme ordinaire. Il est bien évident... — comment vais-je le dire avec élégance ?

P.C. : *Il attire le regard.*

B.C. : C'est un peu plus que ça. Comme le dit mon amie Claude Delay à propos de Coco Chanel : « Une femme a besoin du regard de l'homme qui l'aime... sinon elle meurt. » Bref, il avait un succès formidable. Bel homme, et puis très enjôleur, très gai. Alors les filles, ça galopait. Heureusement qu'il y a la philosophie de l'âge. Mais oui, bien sûr, j'ai été jalouse. Il y avait de quoi, écoutez ! La chance de mon mari, c'est que j'ai été une fille très raisonnable, je crois. Mais j'ai été jalouse par moments. Très ! Comment aurait-il pu en être autrement ? C'était un très beau garçon. Avec en plus la magie du verbe... Les femmes y sont très sensibles. Mitterrand aussi était un enjôleur. Je suis sûre qu'il plaisait beaucoup par cette faconde extraordinaire, par sa grande culture, son côté littéraire. Et puis le pouvoir attire. Les femmes s'approchent comme des papillons. On retrouve cela dans toutes les professions. Un grand chirurgien, un grand médecin, un ministre... Bon, c'est humain. Mais il faut quand même tenir !

P.C. : *Vous lui en avez gardé rancune ?*

B.C. : Non, mais il y a eu des moments difficiles. A l'heure actuelle, à la première épreuve, les gens se quittent. C'est tout de suite : « Très bien, au revoir ! » Changement d'époque. En ce qui me concerne, j'ai hésité parce que j'avais des enfants et peut-être aussi parce que j'étais prisonnière des traditions familiales. Les conventions faisaient que, devant ce genre de situations, on offrait une façade et on tenait le coup. Quant à mes beaux-parents, toujours ma belle-mère, elle m'avait dit au moment de mon mariage : « Et surtout pas de divorce dans la famille ! » Elle avait un culot formidable ! Et il en a hérité. Physiquement, il ressemble à son père comme deux gouttes d'eau, mais il tient beaucoup de sa mère, qui était une femme très tenace.

P.C. : *Et finalement, vous ne regrettez pas, parce qu'il y avait autre chose...*

B.C. : Parce que je voulais construire une maison. Et pour construire une maison, il ne faut pas s'arrêter au premier étage. Il faut trouver le courage de se dire : « Il y a de mauvais passages. » Quelle vie n'en connaît pas ? Oh ! Cela exige une bonne dose de volonté, de ténacité et de persévérance. J'ai eu aussi la chance d'épouser un homme qui, par son éducation, avait gardé un sens profond de la famille. Ma belle-mère lui avait inculqué des valeurs. Et puis mon père m'avait dit : « Vous êtes son point fixe. » La suite lui a donné raison. Mon mari est toujours revenu au point fixe. De toute façon, je l'ai plusieurs fois mis en garde : « Le jour où Napoléon a abandonné Joséphine, il a tout perdu. » La vie n'est pas un long fleuve tranquille. Il y a des écueils, des obstacles à franchir, des drames aussi, malheureusement. Pourtant, quand on est décidé à bâtir une maison ensemble, je crois que le résultat est inébranlable. C'est même la beauté du mariage à mes yeux. Une construction à deux. L'amour de l'autre, la patience, l'humilité, le courage aussi.

P.C. : *Vous n'êtes pas de ceux qui le considèrent comme une institution démodée ?*

B.C. : Le problème, dans la société actuelle, c'est peut-être qu'on a oublié le pardon. On n'a plus le droit à l'erreur. Dès que l'un des membres du couple commet une faute vis-à-vis de l'autre, il n'existe plus cette force, ce ciment traditionnel qui incitait à se pardonner mutuellement. Autrefois, on était prêt à avaler un certain nombre de couleuvres, parce que précisément on voulait bâtir une maison commune. Et à cause des enfants, bien sûr. On pensait à préserver la famille. Globalement et jusqu'à ces dernières années, un couple passait sur beaucoup de choses : des déceptions, des mensonges, toutes sortes de difficultés qui peuvent surgir au sein d'un couple. Il y avait la volonté réelle d'un épanouissement collectif, notion plus forte et plus belle à mes yeux que cet égoïsme qui semble prévaloir de nos jours.

P.C. : *Vous le constatez autour de vous ?*

B.C. : Il faudrait être aveugle !

P.C. : *Vous allez jusqu'à porter un jugement de valeur sur le divorce ? Vous le réprouvez ?*

B.C. : Non, je constate, simplement. Ces derniers temps, il y a une chose qui me frappe, c'est le nombre de femmes mariées qui rencontrent un autre homme sur leur lieu de travail. Subitement, le mari a tous les défauts de la terre et voilà, au revoir, elles s'en débarrassent. Mon étonnement vous surprendra peut-être, mais je trouve que c'est un phénomène extraordinaire ! Encore une fois, je ne prononce aucun jugement de valeur, il s'agit d'une constatation. Et ne croyez pas que je leur donne toujours tort, à ces femmes. Bien au contraire ! Il y a une quantité d'hommes qui sont atrocement rasoir. Rasoir et radins. Inutile de me regarder avec cet air atterré, monsieur de Carolis, c'est la stricte vérité. Alors aujourd'hui leurs femmes travaillent. Et que voient-elles passer à l'horizon ? Un séduisant jeune homme dont elles tombent follement amoureuses. Les femmes timides et réservées, ça n'existe plus ! Je le vois à travers mes contacts très nombreux, dans des milieux et des régions différents. Elles sont déçues de leur mariage, leur vie professionnelle leur ouvre de nouvelles perspectives, elles se disent : « Je ne vais pas passer toute ma vie avec ce radin ou cette baderne qui ne voit pas plus loin que le bout de son nez. » De mon temps, si on s'était trompé, tant pis ! Mais aujourd'hui, c'est fini ! Et c'est une révolution ! Mais on ne m'empêchera pas de considérer au demeurant que, à la source de ces comportements, il y a souvent un réflexe d'égoïsme. On veut sa liberté à tout prix, on veut vivre sa vie, « s'éclater ». Tant pis pour les enfants, ils s'en accommoderont ! Je le déplore souvent. Mais, sous prétexte de modernité, il ne faut pas se leurrer non plus. Car cette réaction d'égoïsme, on la retrouve ailleurs, elle a énormément transformé notre société. Aujourd'hui, on rejette ses vieux. Question de génération, sans doute. Il y a encore une vingtaine d'années, on gardait ses personnes âgées à domicile, plus souvent dans les milieux ruraux que dans les milieux urbains, il est vrai. Mais je me souviens d'un couple de gardiens d'immeuble qui avaient deux grands-mères alitées dans leur loge. A l'heure actuelle, c'est devenu une chose impensable. Même à la campagne, ça n'existe pratiquement plus. Alors il a fallu faire face à cette évolution, on a développé les structures d'accueil, maisons de retraite, maisons médicalisées, hôpitaux gériatriques. Mais le fait demeure : on abandonne ses aînés ou son conjoint comme on se débarrasse d'une paire de gants, le premier courant d'air passé. Au gré de sa fantaisie.

P.C. : *Vous avez votre propre éducation, votre éthique, mais vous ne cherchez pas à l'imposer aux autres ?*

B.C. : Je suis beaucoup plus libérale que vous avez l'air de le penser et très tolérante de nature.

Je crois néanmoins que nous assisterons à un retour sur la famille, parce que cela reste la cellule de base de la société. Beaucoup de jeunes commencent à se rendre compte que, lorsqu'on veut des enfants, on n'a encore rien trouvé de mieux que la famille. Les couples qui se séparent, les familles monoparentales, voire les femmes qui veulent un enfant sans s'encombrer d'un mari... je ne porte aucun jugement là-dessus... Seulement, si l'on veut tendre vers une société française stable, solide, il est préférable qu'il y ait des familles unies, en plus grand nombre possible. Cela reste ma conviction, même si dans le domaine des mœurs j'ai beaucoup évolué. La vie a tellement changé. Je n'ai plus du tout la même approche que lorsque j'avais vingt ans.

P.C. : *Mais, pour revenir à votre couple, l'amour est toujours aussi fort que lorsque vous aviez vingt ans ?*

B.C. : Absolument. Beaucoup de personnes vous le confirmeront. Même si mon mari n'en parle pas volontiers. Lors d'un reportage pour la télévision où mon mari était interrogé à mon sujet, il a dit que ce qui me caractérisait en premier lieu, c'était la fidélité. Mais cela va bien au-delà. J'étais dans la pièce à ce moment-là, dans un petit coin. Je lui ai demandé s'il souhaitait que je sorte, parce que en général il n'aime pas parler devant moi. Moi non plus, d'ailleurs. Mais il m'a dit de rester. C'est vrai, il sait qu'il peut compter sur moi, le

« point fixe ». Aussi il me téléphone sans arrêt. Et si je ne suis pas là : « Où est ma femme ? Vous avez vu ma femme ? » Quand il part en voyage, il veut connaître mon emploi du temps dans le détail : « Je ne vous téléphonerai pas. Je n'ai pas le temps, vous comprenez. Je suis à Berlin. » Et il n'est pas plus tôt arrivé : « Allô ! Bernadette ? » Pour ne rien dire de particulier ! Simplement pour me dire bonjour. L'autre jour, je devais aller en Corrèze, puis en Dordogne inaugurer un jardin de roses, au manoir d'Eyrignac. Il était contrarié en apprenant qu'à son retour de voyage je ne serais pas là : « Vous allez en Corrèze ! Mais vous êtes partie tout le temps ! Quand rentrez-vous ? — J'ai un avion de Limoges à Paris à l'heure du déjeuner, je serai rentrée vers seize heures. » Il a besoin de savoir. A l'Élysée, tout le monde en a pris l'habitude. Il y a quelques jours, j'ai décidé, un peu à la dernière minute, d'aller retrouver Mme Pompidou au Châtelet. On donnait *Le Château de Barbe-Bleue,* opéra de Béla Bartók, dirigé par Pierre Boulez. Comme je m'apprêtais à partir, on me dit gentiment : « Prévenez-le, madame, s'il vous cherche, il sera inquiet. » Il faut qu'il sache, c'est sa sécurité. Il y a les « téléphoneurs » et les « pas téléphoneurs ». Lui m'a toujours beaucoup appelée. Cela crée un lien. On peut se dire trois mots, on sait que l'autre va bien. Mais vous savez, mon mari, c'est tout de même un personnage hors du commun. Tous les matins, il me dit que j'ai une chance formidable de l'avoir épousé !

P.C. : *Encore aujourd'hui ?*

B.C. : Oh oui ! Tous les matins. En me coulissant un regard de côté.

P.C. : *Il le dit avec humour ?*

B.C. : Oui, pour voir la tête que je fais. Mais il le pense vraiment. Et je crois que le jour où il ne me le dira plus, c'est qu'il n'aura plus en lui la lueur de l'espérance. Ah, il le pense ! C'est d'ailleurs ce qui fait sa force. C'est vraiment un tenace, un optimiste doté d'une volonté de fer. Bon, il s'est parfois trompé. Tout le monde commet des erreurs. Il a choisi l'épouse qui lui convenait, ce n'est déjà pas si mal. Je le lui fais souvent remarquer... Au fond, je crois qu'il a cet aplomb insensé des fils uniques. Il faut que tout marche à sa guise. Et puis c'est un maniaque du rangement et de l'ordre. Vous devriez nous voir quand il s'agit de faire ses valises ! C'est devenu chez nous un rite très compliqué, où l'on procède en plusieurs étapes. D'abord il trie ce qu'il veut emporter, notamment les costumes : ce costume pour tel jour, avec telle chemise et telle cravate. A vrai dire, depuis un an, je m'occupe un peu moins de ses valises parce que je n'ai plus le temps. Mais je l'ai fait pendant trente ans. Un jour, comme j'entrais dans son bureau pour lui offrir un sabot-de-Vénus destiné à orner sa table de travail (c'est une orchidée qui convient très bien à la condition masculine et qui ressemble à un gros bourdon aux ailes tachetées de brun), il m'a dit : « Dans la vie il y a des gens qui sont nés pour commander et d'autres qui sont nés pour obéir. » En riant je lui rétorque sur le même ton : « Vous pouvez remercier le ciel que les premiers aient croisé le chemin des seconds, sinon ils ne seraient pas allés bien loin. » Mais là encore, il le pense ! Je vous dis, c'est le caractère du chef qui ressort !

P.C. : *Vous avez le réflexe, ou la modestie, de dire que c'est vous qui vous êtes transformée, bonifiée, à son contact. Est-ce que Jacques Chirac a changé, un peu, à vos côtés ?*

B.C. : Je suis toujours aussi lente. Il me dit même que je suis encore plus lente qu'autrefois. A-t-il changé ? C'est probable. Je n'en sais rien. Il faudrait lui poser la question. Je le suppose, parce qu'il y a toujours un effet de réciprocité dans un couple. Il aurait sans doute été différent, lui aussi, s'il avait épousé une autre fille. Il y a une chose qu'il me reproche, il aurait voulu que je sois plus cool. Toujours souriante, toujours décontractée. Parce que je rouspète de temps en temps. Mais, pour revenir à votre question, je crois foncièrement que mon mari est un roc. On ne le change pas facilement. Un roc qui a une personnalité tout à fait exceptionnelle. Maman me le disait encore quelques semaines avant sa mort. Elle l'a connu lorsqu'il avait dix-huit ans seulement, donc elle a été le témoin de beaucoup de choses, elle a même eu la chance — à la différence de mes beaux-parents — de le voir élu président de la

République, ce qui lui a procuré une grande fierté. Mais déjà, à dix-huit ans, il portait en lui une espèce de conviction, une puissance de travail, un enthousiasme devant la vie. Une volonté de conquérir. Dans les batailles politiques, certains finissent par baisser les bras. Lui jamais. Il avance, il ne lâche rien. Dieu sait s'il y a eu des moments difficiles. Mais c'est un guerrier. Il a toujours rebondi. Ce n'est pas quelqu'un qui ressasse ou se culpabilise longtemps sur le passé. Moi, j'ai davantage tendance à me remémorer ce qu'Untel a dit ou fait à telle époque. Mon mari a également horreur qu'on se plaigne de son sort, de ses petites misères. Il a horreur des états d'âme. Pour lui, on ne doit jamais être fatigué, ni avoir mal nulle part.

Je ne suis pas rancunière, mais j'ai de la mémoire. Je comprends très bien que les gens puissent changer, qu'ils aient à certains moments, en politique, des tentations. Ils suivent quelqu'un d'autre, ils croient que l'heure a sonné. Avec le temps, il faut faire la part des choses, relativiser. Mon mari, lui, n'est pas du tout rancunier. Il regarde toujours devant, un trait de caractère qui fait de lui un vrai guerrier.

P.C. : *Il n'a jamais de coups de blues ?*

B.C. : Jamais il n'en aura. Seuls les très graves événements familiaux peuvent l'affecter. Ainsi, je l'ai vu vraiment très triste, très bouleversé au moment de la mort de sa mère. Il pleurait. La mort d'une mère est une blessure profonde qui ne se referme jamais. Il est sensible, même s'il ne le montre pas. Mais les coups de blues, il ne connaît pas.

P.C. : *A aucun moment vous n'avez eu à lui remonter le moral ?*

B.C. : S'il a un grand souci, il va se coucher en disant : « Demain matin j'y verrai plus clair. » Et il dort. Moi, je ne dors pas. C'est la différence entre nous. Mon mari dort, quoi qu'il arrive. Cela lui donne un équilibre extraordinaire. Et le matin, il y voit certainement plus clair. Il lui faut toujours ses sept heures de sommeil. Le soir, il se sent fatigué. Il ne sort pas, il n'a jamais aimé sortir le soir. En revanche, il se réveille assez tôt. Depuis qu'il est président, il se lève à 6 h 30. Parce qu'il peut prendre son café au calme. Après une bonne nuit de sommeil, il est plus à même de réfléchir à une stratégie que le soir. Le matin, quoi qu'il arrive, il est toujours d'excellente humeur.

P.C. : *Je me souviens que* Libération *avait titré un portrait de votre couple « La tortue et le crocodile », en vous empruntant cette image. Quelle était l'explication que vous aviez donnée ?*

B.C. : Chez les crocodiles, les femelles montent la garde cependant que les mâles restent disponibles pour attaquer. Et c'est tout à fait symbolique de notre vie de couple ! J'ai appris cela dans un documentaire animalier. Dans le monde animalier, les femelles sont sans arrêt en train de guetter.

Les mâles se reposent et ne bondissent qu'à leur signal.

P.C. : *Le crocodile, surtout en politique, c'est une image assez dure. On imagine bien la tortue avoir du cœur, le crocodile pas beaucoup...*

B.C. : Cela fait un peu guerrier, je l'avoue, mais un guerrier peut défendre une noble cause. C'est sans doute pour cette raison que mon mari aime tant les films de cape et d'épée, les westerns... Et puis je tiens à dire, parce que c'est la stricte vérité, qu'il est d'une grande bonté. Il doit cela à l'éducation qu'il a reçue de ses parents, surtout de sa mère, qui donnait beaucoup, qui rendait sans cesse de petits services à son entourage, dans son quartier, aux personnes âgées du village où elle allait en vacances. Elle trouvait toujours mille occasions. Mon beau-père était aussi très serviable. Mon mari, qui a été élevé dans cet esprit, a prouvé en maintes circonstances qu'il a du cœur. Je crois que les Français le savent bien. Il a un côté saint-bernard. Lorsqu'il apprend qu'un ami, ou simplement une personne avec laquelle il a été en contact à un moment donné, est à l'hôpital ou a subi un drame personnel, il est touché, il l'appelle aussitôt. Il compose lui-même son numéro, tout président de la République qu'il est. C'est une chose que j'admire, car les hommes politiques qui ont du cœur se comptent sur les doigts de la main. Lorsqu'on a un mari aussi généreux, on a soi-même envie de donner aux autres. Il est toujours bouleversé quand il apprend que quelqu'un est malade. Et je vous assure que ce ne sont pas des larmes de crocodile ! D'ailleurs, détail amusant, Maman a entrepris des recherches généalogiques et elle voulait absolument que son gendre descende de Pierre Chirac, qui fut médecin de Louis XV et qui a donné son nom à la place de Conques, en Aveyron. Nous avons même pu acquérir, il y a déjà vingt-cinq ans, quelques ouvrages en très mauvais état de ce Pierre Chirac, des essais consacrés à la chirurgie, des écrits à la plume. Je ne suis pas très certaine de cette filiation..., elle est peut-être fantaisiste. D'après mon mari, dès qu'on remonte au-delà de la Révolution française, on ne peut plus rien prouver car trop d'archives ont disparu. Des archivistes avaient trouvé la devise de Pierre Chirac : « Main secourable ». C'est assez joli, non ?

P.C. : *Est-ce que vous avez parfois du mal à suivre son rythme ?*

B.C. : Ah, quand il n'est pas là, je me dis que je suis plus tranquille ! Parce qu'il vous met la pression. Ma belle-mère racontait une anecdote à ce sujet. C'était l'époque où mon beau-père était en poste à Clermont-Ferrand. Mon mari était un bambin de trois ou quatre ans, à peine plus jeune que Martin. Ma belle-mère le promenait dans un jardin public et ils ont croisé une petite fille du même âge à peu près, dans une poussette. Il se trouve qu'elle s'appelait Bernadette. Lui voulait avec insistance l'embrasser, elle le repoussait en disant : « Jacques, tu m'uses ! » C'est le terme : franchement, il est parfois usant ! Je souhaiterais que, comme dans la fable, le lièvre « laisse la tortue aller son train de sénateur. Elle part, elle s'évertue ; elle se hâte avec lenteur ».

P.C. : *Est-ce qu'il reproche à la tortue sa lenteur ?*

B.C. : Mais je suis souvent en retard, c'est vrai. Et avec lui, c'est toujours : « 5, 4, 3, 2, 1... Partez ! »

P.C. : *C'est une expression ?*

B.C. : Disons que le compte à rebours est sous-entendu ! Comme il sait que j'ai tendance à être en retard, il me répétera dix fois de me préparer : « Attention ! Vous allez rater votre avion. C'est dans vingt minutes, plus que quinze minutes, dix minutes... » Comme le décollage d'une fusée. Alors quand je dois aller à la télévision, il a interdiction de m'adresser la parole de la journée. Je ne veux pas le voir, je ne prends pas mon repas avec lui. Je me mets à l'écart, comme un moine, sinon il me stresse. Je me rappelle encore le jour de sa cérémonie d'installation ici, à l'Élysée, en mai 1995. La veille au soir, nous avons dîné avec Claude. Il y avait une certaine effervescence, bien entendu. Mon mari a abordé les questions pratiques, notamment la question vestimentaire. « Comment on s'habille ? » J'y étais un peu préparée, mais Claude est toujours assez exigeante dans ce domaine, au moins en ce qui concerne son père. Bref, nous nous sommes couchés très tard et mon mari me répète plusieurs fois : « Attention ! Demain, 5, 4, 3, 2, 1... Il va falloir être à l'heure ! Et à la minute près ! » Il m'a tellement inquiétée que j'ai fini par lui répondre : « Écoutez, Jacques, je ne vais pas me coucher, ce sera plus simple. Au moins, vous serez sûr que je serai prête ! » C'est terrible, cette pression permanente ! Le matin, l'Élysée a envoyé une voiture me chercher à l'Hôtel de Ville, mon mari partait un peu plus tôt. Le parcours entre la mairie et l'Élysée avait été dégagé, il n'y avait pratiquement pas de circulation. Du coup, j'étais très en avance et le chauffeur s'est rangé en bordure de trottoir. Il m'a expliqué que nous étions obligés de patienter : « Tout est réglé comme du papier à musique, vous ne pouvez entrer dans la cour que dans le chronométrage. » Et c'est vrai, je l'ai vécu par la suite lors des visites de chefs d'État, le ballet des voitures est très minuté. Et ce jour-là, je suis arrivée « à la minute près ».

P.C. : *Il est arrivé que vos retards vous placent dans une situation embarrassante pour le chef de l'État, ou vous vous en sortez toujours ?*

B.C. : Je m'en sors toujours. Sauf quand les autres sont en avance ! Écoutez, lors de la dernière visite de la reine d'Angleterre, j'ai cru mourir d'embarras... Elle est venue pour l'inauguration de la statue de sir Winston Churchill, le 11 novembre

1998. Après la revue des troupes, le président de la République offrait un déjeuner en son honneur au palais, dans le salon d'hiver, déjeuner restreint, avec une quarantaine de convives au grand maximum. En accord avec l'ambassadeur de Grande-Bretagne, il était prévu que j'accompagne la reine dans la bibliothèque, où elle pourrait se retirer quelques minutes avant le déjeuner. La bibliothèque communique avec le salon Paulin. J'ai montré la disposition des lieux à l'ambassadeur, qui me dit que tout est parfait. Il faudra seulement installer une table dans la bibliothèque pour qu'elle puisse poser son chapeau, et un plateau avec quelques rafraîchissements. Le jour dit, tout est impeccable. Je suis habillée et prête longtemps à l'avance. Je vérifie quarante fois que tout est en ordre. Je remonte deux minutes chercher quelque chose. Puis, au moment de redescendre, je vois que le clignotant de l'ascenseur s'allume. Et là, horreur ! Les volets en bois de l'ascenseur s'entrouvrent et je vois mon mari, rouge de colère. « Mais enfin, qu'est-ce que vous faites ? La reine est là. — Comment, la reine est là ? — Mais oui ! Vous vous rendez compte, la reine d'Angleterre, j'ai dû la laisser dans le salon ! » Mon mari était très mécontent, alors que ce n'était pas ma faute. Mais la reine avait vingt-cinq minutes d'avance ! Le protocole s'était trompé de trente minutes sur le programme. Les gardes et les drapeaux n'étaient pas encore en place dans la cour. Nous gagnons le salon, et j'étais vraiment très contrariée. La reine d'Angleterre ! Moi qui suis si respectueuse des conventions. Alors que j'avais tout préparé avec tant de soin... « Majesté, je suis confuse, je suis consternée... » Mais elle n'était absolument pas choquée. C'est là qu'on reconnaît la très grande dame. Elle a ri comme une enfant : « Ma pauvre, cela n'a aucune espèce d'importance. Moi aussi, ces choses-là m'arrivent tout le temps. » Puis j'ai dit une phrase aimable et l'incident a été oublié.

P.C. : *Selon vous, quel rôle joue, dans l'énorme popularité dont vous jouissez auprès des Français, l'image de ce couple à première vue un peu disparate, mais extrêmement soudé ? Est-ce que ce n'est pas, outre votre engagement humanitaire, un des éléments clés ?*

B.C. : Encore une fois, vous me parlez de ma popularité... Je ne suis pas une chanteuse, je ne suis pas une star. Mais vous avez raison, il y a sûrement un côté couple, et plus généralement un côté famille. Parce que les Français sentent que je défends les valeurs familiales. Le pape Jean-Paul II a dit : « Famille, tu as une mission de première importance : celle de contribuer à la construction de la paix. » J'y crois. Ils sont plus nombreux qu'on ne l'imagine à être sensibles au fait que c'est un vrai ménage qui est à l'Élysée et qui est resté ensemble depuis 1956. C'est un long chemin vécu en commun, tout de même ! Il y a des gens, y compris parmi les jeunes, qui admirent ce parcours, même si cela peut paraître démodé à d'autres. Je le sais, parce que les Français me le disent. Ils apprécient cette image de couple stable, qui a traversé des épreuves, mais qui est toujours là, contre vents et marées. Alors est-ce qu'il s'agit d'un « élément clé » ? On a l'impression que vous évoquez je ne sais quels dispositif ou stratégie visant à conquérir le cœur des Français. Il n'en a jamais rien été. Je vous rappelle qu'en début de septennat on était à mille lieues d'une « exploitation » du couple Chirac. On aurait eu plutôt tendance à me tenir à l'écart... On ne croyait pas beaucoup à l'efficacité médiatique de cette notion de « couple ». Il est vrai qu'aux yeux des Français le général de Gaulle et son épouse ont été un couple forgé par les épreuves et la guerre, que l'image de Georges Pompidou tenant la main de sa femme faisait partie de leur histoire. Nous, c'est différent. Pour mon mari, qui est extrêmement pudique sur ce point, le couple correspond à une sphère intime.

P.C. : *Précisément, parmi toutes ces exigences de représentation, cette agitation et ce stress que vous décrivez, y a-t-il encore place pour des moments d'intimité et de détente ? De vraies vacances en couple, j'allais dire « en amoureux » ?*

B.C. : Depuis 1995, c'est très difficile. C'est sans doute la raison pour laquelle je garde un tel souvenir de ce fameux été 1994, qui a été en somme nos dernières vacances « libres ». Nous avons passé tout le mois d'août au Japon, dans la montagne, à deux heures de Tokyo. Dans un ryokan, un de ces hôtels authentiquement japonais. C'est-à-dire que nous couchions à la japonaise, par terre sur un tatami, avec les cloisons en papier, la baignoire en sycomore... Mon mari adore ça ! C'est un endroit absolument magnifique. L'hôtel est situé à mi-pente, dans des montagnes très hautes. On y mangeait très bien, une cuisine kaiseki, beaucoup de plats sur les pierres chauffées, des coquillages excellents... Bref, un hôtel japonais raffiné, mais très sobre. Mon mari ne parle pas la langue, mais il aime profondément ce pays. La journée, on allait se promener en montagne, dans les villages. Sous une chaleur accablante ! Mais il était content. Ensuite, il rentrait prendre une douche, il se reposait. J'en garde un excellent souvenir parce que je sais que ce cadre lui a parfaitement convenu. Tout près de là, à dix minutes à pied, il y a un musée de sculptures en plein air, une belle collection très célèbre : le Hakone Open Air Museum, merveilleusement situé dans une vallée à flanc de colline. C'est une très agréable promenade. Le soir, quand la chaleur retombe, on peut s'asseoir dans ce jardin avec un livre. La patronne de l'hôtel est aussi propriétaire du fond du vallon. Et là, il y a des cascades d'eau chaude, parce que ce sont des montagnes d'origine volcanique. Elle a fait aménager le site, d'un côté le bain pour les femmes, de l'autre pour les hommes, séparés par un mur. Au-dessus de la cascade, sur un talus, il y avait une voie ferrée sur laquelle passait un tortillard à trois voitures qui serpentait à travers la vallée jusqu'à Tokyo. Le soir, ce train surgissait dans un virage, les wagons allumés trouaient un instant l'obscurité, puis disparaissaient aussi vite. Je me disais « pourvu qu'il ne dégringole pas », et en même temps ce vacarme par intermittence faisait renaître en moi de lointains souvenirs, associés à la propriété de mes grands-parents, près de Paris, derrière laquelle passait aussi une voie ferrée... Et je suis persuadée, c'est devenu chez moi comme une superstition, que de ce séjour quasi monastique est née la victoire de mon mari. Car il a beaucoup réfléchi, beaucoup écrit. Personne ne lui a fait signe. Il a vraiment senti le poids de la solitude. Et c'est de là qu'il a bondi.

P.C. : *Vous voulez dire que c'est dans cet hôtel au Japon qu'il a décidé de se présenter aux présidentielles, malgré les sondages qui indiquaient un très net avantage en faveur de M. Balladur ?*

B.C. : Ah, j'en suis convaincue ! C'est là qu'il a décidé de se battre jusqu'au bout. Mais ce n'est que début novembre, dans un entretien à *La Voix du Nord*, qu'il a déclaré sa candidature. Mais vous voyez, le Japon reste profondément ancré en lui, il aime ce pays, à tel point que deux ou trois fois, depuis 1995, dans les moments de creux, car il y en a malgré tout, des moments de fatigue, où je sens qu'il a besoin de se ressaisir, je lui dis : « Jacques, pourquoi ne partirions-nous pas huit jours au Japon ? »

4

« Vous comprenez pourquoi je veux me battre pour les enfants des autres »

P.C. : *Avant d'être l'épouse du chef de l'État, vous êtes d'abord une mère de famille. J'aimerais non seulement que vous nous parliez un peu de vos enfants, mais que nous évoquions cet équilibre difficile — voire impossible ? — à trouver entre vie politique et vie familiale. Autrement dit, malgré l'aide que vous avez très tôt apportée à votre mari, la famille est-elle restée prioritaire à vos yeux ? Comment avez-vous tenté de gérer ces deux versants ?*

B.C. : Vous savez que je n'ai pas eu de vie professionnelle. Donc je me suis efforcée de maintenir une vie de famille aussi chaleureuse que possible. Savoir si j'y suis parvenue, c'est une autre histoire... Mais une chose est sûre, j'ai donné à mes enfants le meilleur de mon temps. « Vous avez l'instinct maternel exacerbé », me disait parfois mon mari. Il trouvait non pas que c'était « trop » pour les enfants, mais « tout » pour eux et peut-être pas assez pour lui. Et pourtant les drames arrivent. C'est le destin. Quand la maladie vous tombe dessus, vous n'y pouvez rien. Un enfant qui est renversé dans la rue, ce n'est pas parce que la mère ne s'est pas occupée de lui. En tout cas, j'ai tout fait pour maintenir un équilibre, même si la tâche n'était pas facile, avec un mari souvent absent. Il a beaucoup mûri, il a pris de l'âge. Mais il a toujours été excessif dans son travail. Sa tâche passait avant tout, et je n'avais pas un mot à dire. Pas question de pleurnicher : « Vous allez encore partir ce week-end ! » Les week-ends en Corrèze ! Donc, ce père qui est si peu là... Un autre homme politique aurait vécu les choses différemment, peut-être. Avec lui, la journée de travail n'était jamais finie. Du temps de Georges Pompidou, il restait à discuter le soir très tard avec Pierre Juillet, Marie-France Garaud et d'autres. Bref, les enfants le voyaient rarement, et ce n'est pas très bon.

P.C. : *Ce n'est pas bon, mais cela fait des présidents de la République. C'est le prix à payer ?*

B.C. : Je ne voudrais pas non plus donner l'impression que cela a été un choix délibéré. Négliger sa famille pour atteindre plus sûrement l'Élysée, ce n'est pas cela du tout ! La vie vous construit peu à peu, les événements s'enchaînent, les engagements prennent tout leur poids. J'ai fait mon possible pour que l'équilibre soit maintenu, pour m'occuper de mes enfants. Quant à mon mari, il comptait sur moi. Sa grande phrase, c'était : « Je file. » Il ne le dit plus aujourd'hui. N'oubliez pas que, dès 1976, il crée le RPR. Alors vous imaginez ! Il faut aller partout, à longueur de semaine. Et cela se fait évidemment au détriment de la présence à la maison. Les enfants en ont souffert. Laurence, à sa manière, qui est tombée malade à quinze ans. Si elle n'avait pas été malade... Laurence, qui a marqué notre vie, avec sa maladie. Elle est là et, en même temps, elle n'est pas là.

P.C. : *Pouvez-vous nous raconter ce qui est arrivé à Laurence ? Il a circulé tellement de rumeurs à ce sujet...*

B.C. : C'est un événement majeur dans ma vie, vous vous en doutez. Un événement qui explique en grande partie la suite. Nous étions en vacances en Corse, ma mère et mes deux filles, et moi. Nous sommes à la fin du mois de juillet. Laurence a quinze ans, elle participe à une régate — elle aimait beaucoup la voile. Il était entendu qu'on récupérait les enfants à mi-régate pour un déjeuner rapide, la deuxième manche commençant l'après-midi. En descendant du bateau, Laurence me dit : « Maman, j'ai horriblement mal à la tête. » Le matin, elle n'avait rien. « Ce n'est rien, ça arrive à tout le monde, ça va passer. » Nous regagnons l'hôtel. Sur la route, il y avait ces « gendarmes couchés » pour faire ralentir les voitures, et à chaque secousse ma fille se plaignait : « Aïe ! Roule moins vite, j'ai très mal. » Je lui dis : « Bon ! Prends ta température, parce que ce n'est pas normal, une migraine, ça ne fait pas ça ! » Elle avait près de 40° de fièvre. Je fais aussitôt venir le médecin. « Elle a fait de la plongée sous-marine ? — Oui, presque tous ces derniers jours. — Eh bien, elle a attrapé une lombalgie... » Il se contente de lui donner de l'aspirine. Et nous perdons un temps précieux. Évidemment, pas de deuxième manche, plus question de régate. Laurence se couche, la nuit se passe très mal. La fièvre ne descend pas. Le lendemain matin, à la première heure, je fais venir un deuxième médecin. « Votre fille a la poliomyélite. » Je cherche partout mon mari, qui était alors ministre de l'Agriculture. Je le trouve enfin. « Laurence, depuis hier, a 40° de fièvre. Les médecins pataugent. Il faut partir d'ici le plus vite possible. » Entre-temps arrive un troisième médecin : « Madame, mes confrères n'y sont pas du tout. C'est une méningite et il n'y a qu'à Ajaccio qu'on pourrait la soigner. » Or, nous étions à Porto-Vecchio, dans la pointe sud de la Corse. Et le médecin d'ajouter : « Elle n'est plus transportable. » J'informe mon mari, qui interroge les personnes compétentes à Paris. On lui répond qu'il faut aller la chercher avec un avion sanitaire. Mon mari vient aussitôt avec une équipe soignante qui ramène Laurence à Paris. Rendez-vous était pris à La Pitié-Salpêtrière. Et c'est là que tout commence. On pratique sur Laurence une ponction lombaire.

Normalement, cet examen doit être effectué par l'interne, ou par le médecin qui pratique ce geste au quotidien. Or le patron — est-ce parce qu'il s'agissait de la fille d'un ministre ? — décide de confier la ponction à son chef de clinique. Il semble qu'il y ait eu un accident pendant cet examen. Elle a hurlé pendant de longues minutes. Affolement général, cavalcade d'infirmières. Elle a souffert le martyre. Cela n'aurait jamais dû se produire. A l'hôpital, je couchais par terre à côté d'elle. C'était mon enfant, elle avait mal. Et c'est le départ de tout. A la suite de cette méningite, elle a commencé une anorexie mentale très grave. Vous comprenez pourquoi, monsieur de Carolis, je veux me battre avec toute mon énergie pour les enfants des autres. Il y a encore des journalistes qui se demandent pourquoi je m'intéresse tellement à l'anorexie mentale. Je ne voudrais pas raconter ma détresse de manière vulgaire, mais c'est là que tout a commencé. C'est à cause de ce drame que je ferai l'impossible pour aider les enfants malades hospitalisés et leur famille. Je ne suis pas médecin, je n'ai pas de compétences, mais je peux essayer d'apporter ce plus que l'hôpital public ne peut pas fournir. Je crois surtout qu'il est important de dire les choses, de ne pas les taire, de ne pas se cacher.

P.C. : *Pour que je comprenne bien... Au départ, il y a la méningite, puis...*

B.C. : La méningite est le facteur déclenchant. Mais dans l'état actuel de la science, on ne peut pas nous dire avec certitude... La thèse du professeur Jean Bernard, consulté par la suite, c'est qu'il s'agissait d'un virus de la méningite très mauvais qui a détruit l'hypophyse. De là découlent l'anorexie mentale, puis de nombreuses dérives. Je ne savais pas au début que sa maladie était si grave. Les médecins m'ont annoncé : « C'est une anorexie mentale. Y a-t-il d'autres cas dans votre famille ? » Je ne savais même pas de quoi il s'agissait ! Mais la situation n'a pas cessé de s'aggraver tout au long de ses études, car elle a fait des études de médecine jusqu'à l'obtention du diplôme final. Elle est devenue de plus en plus dépressive et suicidaire. J'ai vécu des années d'angoisse. Pour une mère, c'est effroyable.

P.C. : *Vous l'avez vécu comme un échec ?*

B.C. : Oh oui ! Une souffrance et un échec. Bien sûr que c'est un échec. J'ai tout fait, j'ai vu des quantités de médecins... Aujourd'hui, on ne s'y prendrait plus de la même façon. La technique, qui est encore parfois utilisée, consiste à vous enfermer dans une chambre, à couper le téléphone, à ne pas donner de nouvelles aux parents. L'adolescente reste sans contact avec l'extérieur pendant des semaines. On lui met une assiette de nourriture sous le nez et, si elle ne veut pas manger, on ne lui propose rien d'autre. Si elle avait été soignée différemment, si la Maison des adolescents avait existé... peut-être ?

P.C. : *Mais cela ne fait pas votre échec.*

B.C. : Si. Cela veut dire que je n'ai pas trouvé l'homme, l'équipe, la structure, le pays pour la soigner à temps. Quand un jeune tente de se suicider à plusieurs reprises, cela signifie chaque fois une nouvelle dégradation, un nouveau refus de la vie. Il se met en marge de la société. Personne ne peut mesurer le drame intime de certaines familles. On les entrevoit, à peine, comme cela m'arrive lors de mes visites d'instituts, de centres pour handicapés, d'hôpitaux. Et quand cela touche un enfant... Faut-il parler d'injustice ? D'incompréhension ? Je me suis battue. J'espère seulement que, à l'image de certains de ces parents d'enfants blessés, le courage ne me quittera pas.

P.C. : *L'épreuve a été aussi terrible pour votre époux.*

B.C. : Oui. Il le manifeste autrement.

P.C. : *Comment ?*

B.C. : Il est très secret. Il ne veut pas en parler.

P.C. : *Quelle enfant était Laurence avant son problème de santé ?*

B.C. : Le portrait de son père. Une petite fille extrêmement délurée, très mignonne physiquement, très brune, toute bouclée, avec des yeux très noirs. Mon mari avait des boucles quand il était enfant. Elle a aussi son regard. Aucune timidité, pour le coup ! Très tôt, une grande facilité d'élocution. En avance dans tous les domaines. Très brillante en classe. Elle a fait ses études à Sainte-Marie. Assez vite très chahuteuse. Les demoiselles du Petit Sainte-Marie me convoquaient une fois par semaine : « Madame Chirac, on vous la garde parce qu'elle travaille bien, mais elle dérange toute la classe ! » Un vrai tempérament de feu. Très bavarde. Je lui disais : « Toi, tu seras peut-être avocate, parce que tu parles avec beaucoup de facilité, mais il faut que tu travailles. » Très douée en sport aussi, en voile, en équitation. Elle avait toute une bande d'amis, avec lesquels elle partait à la montagne ou à la mer. C'était une vraie meneuse de jeu et j'avais toujours beaucoup de monde à la maison. Un caractère très affirmé. Dure parfois. Elle était très intelligente. Je me souviens que, un peu plus âgée que Martin, elle allait sous la table de nuit de son père pour relever les titres de ses livres d'archéologie, parce qu'elle voulait lui en offrir un qu'il n'avait pas. C'était une petite fille bouillonnante. Claude, qui a cinq ans de moins, était aussi très mignonne, joueuse, mais beaucoup plus calme, plus affectueuse que sa sœur. Elle ne voulait jamais se séparer de moi.

P.C. : *Comment a-t-elle vécu la maladie de sa sœur aînée ?*

B.C. : Elle en a été très marquée. D'autant que je n'ai peut-être pas eu la conduite appropriée. Elle était encore petite et je l'ai sans doute trop prise à témoin, trop exposée à des scènes pénibles. Si c'était à refaire, je m'y prendrais autrement. Comme elle était d'un naturel calme et raisonnable, je ne me suis pas assez méfiée. Je m'effondrais en larmes devant elle lorsque je rentrais de l'hôpital, elle nous voyait dans tous nos états, mon mari et moi. Elle en a beaucoup souffert, mais elle ne disait rien, sans doute parce qu'elle avait ce caractère qui consiste à ne pas montrer ses émotions. L'été, quand l'aînée partait chez des amis en Bretagne faire du bateau, je gardais la plus petite avec moi. Elle m'a parfois reproché d'avoir été trop mère poule.

P.C. : *On entend beaucoup de choses sur vos relations tendues avec Claude. Qu'en est-il exactement ?*

B.C. : Nous dialoguons. Elle me téléphone gentiment, pour me dire : « Mamie... » Parce qu'elle m'appelle Mamie et son père Papy, un de ces traits qui restent de l'enfance... Elle me téléphone régulièrement, pour le travail ou à propos de Martin. Et elle a ce petit garçon... Avec mon mari, ils sont ce que j'ai de plus précieux au monde.

P.C. : *Comment Claude est-elle entrée peu à peu dans le dispositif politique de son père ?*

B.C. : Il y a à peu près dix ans, je crois, Claude commence alors à le conseiller, essentiellement dans le domaine de l'image, on dit aujourd'hui de la communication. On la voit arriver avec un peu d'étonnement, d'inquiétude peut-être, parce que chacun est frileusement engoncé dans sa case. Elle se démène pour son père, pour Jacques Chirac, qui est à la fois maire et président du RPR, et qui a l'ambition de poursuivre plus loin sa vie politique. Durant cette période, Claude va prendre une importance de plus en plus grande auprès de son père, elle va faire preuve de grandes qualités d'adaptation et d'humilité. Elle prend bien garde de ne gêner personne. Elle fait ses classes. En tant que fille du « chef », elle a aussi la sagesse de ne pas tomber dans les phénomènes de cour. Elle va savoir se tenir à distance en se mettant au service exclusif de son père. Lui trouve en elle la loyauté, la sûreté. Elle ne le trompera pas. Je suis présente, bien entendu, et depuis toujours, mais Claude, sur le plan du travail, dans la vie quotidienne, dans sa spécialité, le rassure, le canalise. Peu à peu, elle organise son existence, elle fait en sorte de le ménager. Pendant ces tournées harassantes à travers la France qu'il entreprend, notamment pour la campagne législative de 1993, qu'il remporte haut la main, Claude élaguait. On arrive à la campagne présidentielle, avec cet échec annoncé et ce flot terrible de trahisons. Mais sa fille reste là, elle le rassure, elle croit en lui. Puis c'est la victoire et l'installation à l'Élysée, elle va désormais occuper une véritable fonction : la responsabilité de l'ensemble de la communication. De mon côté, je fais mon travail. Et nous arrivons à cette période des municipales dont nous avons parlé, et cette « reconnaissance » que je préfère à la notion de

« revanche », qui est fausse. Les choses ont été grossièrement déformées par la presse. Un élu a une vie publique, il est exposé, soit. Mais comment vous dire ce que peuvent ressentir les membres d'une même famille quand certains se complaisent, en dépit de tout bon sens, de toute logique, faisant fi de la sphère privée à laquelle nous avons droit, à écrire amalgame sur amalgame, contrevérité sur contrevérité ? Mais que cherchait-on réellement ? A nous brouiller ? A nous affaiblir ? C'est ridicule. Claude est ma fille, je l'aime comme une mère aime sa fille. Complètement. Entièrement. Toute autre explication est littérature. Le reste ne m'intéresse pas.

P.C. : *Quelles qualités de votre mari retrouvez-vous chez Claude ?*

B.C. : Elle a la même volonté, la même ténacité. Quand elle s'occupe d'un dossier, c'est toujours du cousu main. Elle est exigeante et perfectionniste.

P.C. : *Il y a des moments où vous vous dites, en pensant aux incidences de la vie politique sur votre famille, que décidément le prix à payer est trop lourd ? Que le jeu n'en valait pas la chandelle ?*

B.C. : C'est pesant, en effet. D'autant que nous avons une vie de famille déjà fragilisée par la maladie de Laurence.

P.C. : *Où est Laurence en ce moment ?*

B.C. : A Paris. Elle ne va pas trop mal en ce moment. Médicalement, elle ne relève ni d'une institution spécialisée ni d'un établissement hospitalier.

P.C. : *Une rumeur a même couru la France il y a quelques années sur la mort de votre fille.*

B.C. : Oui, en 1993. On n'a jamais su d'où venait la rumeur. Au grenier, j'ai deux cartons remplis de lettres de condoléances. Jusqu'à Michel Rocard, que nous connaissons bien. Mais que voulez-vous ? On n'arrête pas les rumeurs. On ne peut pas répondre aux gens : « Pardon, mais notre fille n'est pas morte. » Donc ce sont des lettres que j'ai laissées sans réponse. Mais j'en ai énormément souffert.

P.C. : *Est-ce qu'au moins vous avez le sentiment de profiter pleinement des joies d'être grand-mère ?*

B.C. : Absolument. Martin est un petit garçon de cinq ans adorable. Très précoce. J'allais dire, comme tous les enfants de cette génération. Parfois, je me demande si on ne les pousse pas trop, si on n'essaie pas d'en faire des petits adultes sans leur laisser le temps de savourer leur enfance. Mais je suis complice puisque je lui ai moi-même offert un ordinateur et des cédéroms éducatifs ! Chaque fois que Martin vient à l'Élysée, c'est une fête. Je craignais que cette grande maison ne soit un peu triste pour lui, surtout depuis la mort de Mascou, notre labrador. Car Martin a connu Mascou. Il en a parlé pendant au moins deux ans : « Mascou n'est plus là, il est malade, je ne le verrai plus. » Alors je laissais entendre que, pour ce petit garçon, un chien, c'était une attraction, peut-être même plus tard un souvenir attaché à ce palais. Mais comme rien ne venait, j'en avais fait mon deuil. D'une certaine manière, je ne le souhaitais plus parce que j'ai un tel emploi du temps... Et puis ma fille, avec la complicité de mon mari, m'a offert pour mon anniversaire un adorable bichon frisé. Un jour, mon mari me dit que je suis attendue dans la bibliothèque. Il y a là Claude mais aussi Thierry Rey, ce qui est très touchant de sa part. Et, au milieu de la pièce, un énorme carton entouré d'un magnifique ruban tricolore. Je ne savais pas ce que c'était. Mon mari s'étonne : « Je croyais que Martin devait venir ? — Désolée, dit Claude, ça n'a pas été possible. » Dommage. Je dénoue le ruban, le carton s'ouvre brusquement et Martin surgit comme un *jack-in-the-box*, avec le petit chien dans les bras ! Un bichon frisé. Ils étaient vraiment adorables, tous les deux !

P.C. : *Comment l'avez-vous baptisé ?*

B.C. : C'est mon mari qui a choisi. Claude lisait à voix haute la liste des noms commençant par S, il y en avait quatre colonnes, et quand il a entendu Sumo, il a dit : « J'aimerais que nous l'appelions Sumo. » Il paraît qu'il va avoir le dessous des pattes noir, et le reste blanc. Je suis sûre que cela amuserait beaucoup les journalistes de voir le président de la République avec ce petit chien. Il en est complètement fou ! Il le prend dans ses bras, il lui fait des bruits extraordinaires, il le fait monter dans l'ascenseur... D'ailleurs, l'animal s'en rend très bien compte : pendant les repas, il s'assied à côté de lui, parce qu'il espère qu'il va lui donner quelque chose à manger. Du coup, mon mari prétend que ce petit chien est très malin !

P.C. : *Si aujourd'hui on vous donnait le choix de construire différemment votre vie, vous hésiteriez longtemps ?*

B.C. : J'ai consacré ma vie à aider mon mari, à l'accompagner sur le chemin qu'il a choisi de suivre. Je voulais avant tout qu'il accomplisse son destin.

P.C. : *Laurence est toujours présente en vous ?*

B.C. : Bien sûr. Constamment. Il y a deux ans, lors de la dernière soirée du Festival d'art sacré que j'ai présidée, à Notre-Dame, j'ai été bouleversée par un texte de Paul Claudel lu par Michael Lonsdale. Cela commençait ainsi :

L'enfant chétif qui sait qu'on n'est pas fier de lui et qu'on ne l'aime pas beaucoup,
Quand d'aventure sur lui se pose un regard plus doux,

Devient tout rouge et se met bravement à sourire, afin de ne pas pleurer...

Ces vers s'adressent à tous les enfants différents, mal aimés, à tous les oubliés de la société, à ceux qui vivent dans une immense solitude. J'en étais émue jusqu'aux larmes. Et le poème se termine ainsi :

Quelle que soit l'injustice contre nous et quelle que soit la misère,
Lorsque les enfants souffrent, il est encore plus malheureux d'être la Mère.
Regarde Celle qui est là, sans plainte comme sans espérance,
Comme un pauvre qui trouve un plus pauvre et tous deux se regardent en silence.

5

« Donnons des couleurs à l'hôpital »

P.C. : *J'aimerais que nous parlions à présent de votre fondation, Hôpitaux de Paris-Hôpitaux de France, de votre rôle en son sein, de ses réalisations et des programmes en cours. Nous pourrons en profiter pour aborder ensuite divers thèmes ayant trait à la santé, un domaine que vous connaissez bien et qui vous tient particulièrement à cœur.*

B.C. : La fondation a été créée en 1990, non par moi, mais par le professeur Claude Griscelli et Jean Choussat, qui était alors directeur général de l'Assistance publique de Paris. L'AP est donc à la fois membre fondateur et partenaire de la fondation, qui s'appelait alors Hôpitaux de Paris. Élue à la présidence de la fondation en 1993, en même temps que nous obtenions la reconnaissance d'utilité publique, j'ai souhaité que son nom soit modifié : Fondation Hôpitaux de Paris-Hôpitaux de

France. Par souci de fidélité, je tenais à ce que soit rappelé le rôle fondateur de l'Assistance publique de Paris, même si aujourd'hui les deux tiers des projets sont réalisés en province. Connaissant bien le professeur Claude Griscelli, je me suis très tôt intéressée à l'action qu'il menait ou souhaitait mener. Je me suis associée à certaines manifestations et j'ai soutenu des projets. Par exemple, la création d'un espace « Plein ciel », à l'hôpital Necker-Enfants malades. Au dernier étage d'un bâtiment, qui lui a été consenti par l'Assistance publique, il a fait aménager une salle de jeux, une bibliothèque avec une vraie cheminée, un coin lecture, un coin musique, des ordinateurs... Le but de cet espace, c'est de permettre aux adolescents soignés à Necker de venir passer là un moment, en pyjama, dans un univers complètement différent de l'hôpital. Ils oublient un peu leur maladie, leurs souffrances, leur traitement. Le professeur Griscelli a été le premier à lancer ce concept.

P.C. : *A quoi correspondait exactement cette envie de vous impliquer dans une action humanitaire ?*

B.C. : : Lorsque l'épreuve est venue, j'ai fait face. Je ne dis pas que j'ai réussi. Mais si je peux aider les autres à garder courage, à trouver des raisons d'espérer... Si j'avais eu deux enfants en parfaite santé, j'aime à penser que j'aurais agi de même, parce que je porte en moi cette envie d'aider les autres. Je crois vous l'avoir dit, si j'avais bénéficié de l'environnement propice, j'aurais très certainement été attirée par des études de médecine. La vie en a décidé autrement.

P.C. : *Est-ce une tentation qui a aussi effleuré votre mari : faire médecine ?*

B.C. : Je ne crois pas. Encore que, quand je le vois dans les hôpitaux ou dans les centres d'enfants handicapés... Vous savez qu'il s'est dépensé sans compter pour créer en 1970 un centre d'accueil pour enfants lourdement handicapés à Peyrelevade, un bourg rural de Haute-Corrèze. C'était le premier. Aujourd'hui ce sont 750 personnes handicapées qui sont accueillies et accompagnées dans 14 centres implantés dans 6 communes. C'est extraordinaire, le temps qu'il a pu y passer ! Personne n'était surpris de le voir visiter plusieurs fois par mois « ses » centres éducatifs, y compris lorsqu'il était Premier ministre. Parfois à l'improviste, le samedi ou le dimanche, il venait dialoguer avec le personnel et rencontrer longuement les enfants qui, pour la plupart, le reconnaissaient et manifestaient leur joie de le voir. C'étaient toujours des moments forts et émouvants.

P.C. : *Il a vraiment un rapport privilégié avec eux ?*

B.C. : Je le pense. Il a d'ailleurs lui-même écrit un texte pour les vingt ans de l'association qui me touche beaucoup :

Je me suis penché sur cette enfant, seule, sans mouvement et sans parole. Elle semble s'être réfugiée dans un univers où nous ne pourrons plus l'atteindre.

J'ai ressenti comme une profonde colère.

Pourquoi elle ? Pourquoi ça ?

Que puis-je faire ?

Je suis là, impuissant, inutile.

Je me suis mis à parler ; à lui parler. De tout et de rien, d'elle et de sa souffrance. De moi et de mes propres peines, de mon travail, de ma vie.

Est-ce par hasard que sa main que je tenais dans la mienne s'est soudainement animée pour me serrer un doigt ? Peut-être ; mais je demeure persuadé que pendant quelques minutes, elle et moi, nous nous sommes rejoints.

Sa main s'est détendue ; elle est repartie, dans son monde, sur sa planète, comme le Petit Prince.

P.C. : *Et votre fondation à vous, il s'y intéresse ?*

B.C. : Oui, il s'y intéresse beaucoup. Il suit de très près certains projets. Celui de la Maison des adolescents lui tient particulièrement à cœur. Il l'approuve et se tient au courant de son évolution. Ses commentaires me sont précieux. D'une phrase, il me dit : « C'est très bien. » Comme j'ai déjà eu l'occasion de le dire, ce n'est pas un spécialiste de la félicitation conjugale.

P.C. : *Sur quels revenus s'appuie la fondation ? Essentiellement les fameuses pièces jaunes ?*

B.C. : La principale ressource de la fondation provient en effet de l'opération « Pièces jaunes » que tous les Français connaissent maintenant et pour laquelle des centaines de milliers d'enfants se mobilisent chaque année au mois de janvier. Je dois dire que je suis très émue par cet élan des petits enfants bien-portants qui, depuis plus de dix ans, mettent de côté dans leurs tirelires les pièces pour venir en aide à leurs camarades hospitalisés. La collecte ne s'est pas faite en un jour et ce succès a été long à s'installer. Nous avons été aidés pour cela par des partenaires qui sont d'un dévouement extrême. Il y a la Banque de France qui trie les pièces pendant des semaines avant d'annoncer le résultat de la collecte. Il y a aussi la Poste, ses 17 000 bureaux et tous ces postiers merveilleux très attachés à notre opération. Il y a aussi les partenaires médiatiques, comme TF1, RTL, qui ont joué un rôle majeur pour la connaissance de l'opération. Depuis quelques années, nous traversons la France pendant un week-end avec le TGV de la Poste, la SNCF et ses techniciens se sont rangés avec beaucoup de cœur à nos côtés, Coca-Cola est le partenaire d'origine de la fondation. Depuis cinq ans, nous bénéficions du partenariat décisif de l'Éducation nationale qui nous a autorisés à mobiliser les classes du primaire. Les enseignants et les enfants qui s'engagent ont permis l'année de leur premier partenariat de faire bondir la collecte de près de 10 millions de francs. En 2001, nous avons récolté 65 millions de francs, ce qui a été un résultat tout à fait remarquable. Pensez qu'il ne s'agissait que de pièces de 5, 10 et 20 centimes. Chacun s'interroge sur le devenir de l'opération avec le passage à l'euro. Elle continuera puisque l'euro comprendra des pièces cuivrées. L'opération « Pièces jaunes » est la ressource principale de la fondation, mais nous recevons aussi des dons, des legs qui constituent un précieux complément pour réaliser tous nos projets.

P.C. : *Quels sont les objectifs définis par la fondation ?*

B.C. : La fondation a pour objet d'améliorer les conditions de vie et d'accueil des enfants à l'hôpital. Nous intervenons dans trois domaines principaux. Premièrement, le rapprochement des familles pour maintenir les liens familiaux. Il s'agit de contribuer à la création de Maisons de parents, à l'installation de chambres mère-enfant, à l'aménagement d'espaces de jeux pour les frères et sœurs des enfants hospitalisés. Deuxièmement, nous développons des loisirs pour que les petits malades puissent mener à l'hôpital une vie comme à la maison. Nous participons ainsi à l'installation de médiathèques, à la création d'ateliers artistiques, à l'aménagement de terrains de sport. Troisièmement, nous essayons d'améliorer l'accueil et le confort à l'hôpital pour embellir le cadre de vie.

Nous aidons ainsi les hôpitaux à se doter de fresques pour leurs couloirs et halls d'accueil, à acquérir du mobilier coloré pour les enfants, à aménager les jardins. Jusqu'à maintenant, nous avons réalisé 2 700 projets dans tous les services pédiatriques de France. Au total, nous avons collecté 285 millions de francs. En douze ans, c'est tout à fait considérable. Parallèlement à ces projets nous avons initié un projet phare concernant la Maison des adolescents dont nous reparlerons peut-être. Il y a trois ans nous avons lancé un grand programme de lutte contre la douleur de l'enfant à la demande de Bernard Kouchner, à l'époque secrétaire d'État à la Santé, qui souhaitait s'attaquer au problème de la douleur dans les hôpitaux. La fondation acquiert et distribue des pompes à morphine dans les hôpitaux pédiatriques et près de 500 ont été attribuées ces dernières années. C'est un programme que nous continuerons puisque nous allons dans le courant 2001-2002 en attribuer 150 nouvelles. Je veux préciser que tous les projets que nous réalisons sont demandés par les équipes soignantes des hôpitaux qui les font remonter à la fondation. Ce n'est pas nous qui décidons. Ce sont les équipes soignantes, les parents des enfants hospitalisés, voire même les enfants eux-mêmes qui proposent les projets. Un comité d'orientation scientifique, dont je ne fais pas partie, constitué de médecins, de directeurs d'hôpitaux, de personnels soignants, se réunit et sélectionne ces projets en fonction de leur coût, de leur faisabilité, de leur intérêt.

P.C. : *Vous évoquiez les Maisons de parents. Cela correspond à combien de chambres d'accueil au total ?*

B.C. : Dix-sept Maisons de parents ont été construites en France. Par ailleurs, nous avons permis l'aménagement de près de 350 chambres mère-enfant. C'est une priorité de l'action de la fondation et je puis vous dire que c'est un programme très apprécié. Vous n'imaginez pas le nombre de gens que je rencontre en France, qui témoignent leur gratitude parce qu'ils ont pu bénéficier d'une de ces chambres. On sent que ça correspond à un réel besoin.

P.C. : *Qu'en est-il de la Maison des adolescents ? De quoi s'agit-il exactement et où en est le projet ?*

B.C. : Il y a trois ans, le conseil d'administration a approuvé un projet de réalisation d'une maison en faveur des adolescents en difficulté, atteints de différentes maladies, dépressions nerveuses, états suicidaires, névroses obsessionnelles, maladies de la nutrition comme l'anorexie mais aussi la boulimie. C'est un projet qui trouvera place dans l'enceinte de l'hôpital Cochin, le long du boulevard de Port-Royal. Il se situera aussi à proximité immédiate de l'hôpital Saint-Vincent-de-Paul, c'est-à-dire qu'il s'appuiera à la fois sur une médecine d'adultes et sur une médecine pédiatrique. La fondation assure le financement de la construction et de l'équipement de l'établissement. L'Assistance publique le fera fonctionner. Il s'agit d'un lieu ouvert sur la ville, qui permettra aux jeunes en difficulté, en situation de mal-être, de venir expliquer leurs difficultés. Ce sera un lieu d'accueil, d'écoute, d'orientation, d'information. Il y aura aussi une petite unité de recherche rattachée à l'Inserm. Pour les cas les plus graves, ils seront hospitalisés ; pour les autres, ils seront orientés. Nous fonctionnerons aussi avec la médecine de ville et la médecine scolaire et universitaire.

P.C. : *Y a-t-il une date prévue pour la pose de la première pierre ?*

B.C. : La pose de la première pierre aura lieu au début de l'année 2002. Nous avons déposé tout récemment le permis de construire auprès de la Ville de Paris. Nous avons obtenu au printemps dernier le permis de démolir car il y avait sur le terrain des installations vétustes qui se trouvaient là depuis de nombreuses années. Le terrain est prêt maintenant à accueillir les travaux qui commenceront début 2002 pour s'achever à la fin de 2003.

P.C. : *Vous vous êtes beaucoup investie dans la conception ?*

B.C. : J'aimerais que ce soit un modèle. Nous avons organisé un concours d'architecture. Le bâtiment sera largement vitré parce que les jeunes en difficulté ont horreur de l'enfermement. Il n'y a rien de plus triste que ces bâtiments en brique de l'hôpital Cochin ! Et on voudrait soigner des jeunes là-dedans ? Donc, beaucoup de vitres, légèrement teintées pour qu'on ne voie pas les occupants. Et tout autour un jardin, non pas un de ces jardins malingres et souffreteux d'hôpital, mais un véritable écrin de verdure, touffu et luxuriant. Le bâtiment n'est pas haut parce que nous sommes en face du Val-de-Grâce et que cela impose certaines contraintes très précises. Il y aura deux étages, le sommet étant occupé par une terrasse-jardin, avec un coin potager et une petite serre. Là-haut, les jeunes auront un endroit à eux, où ils seront libres de bavarder, de se retrouver. Au rez-de-chaussée, un grand hall d'accueil car nous tenons à ce que l'endroit soit ouvert sur la ville, et des cabinets de consultation. Des adolescents qui n'ont pas envie de débattre de leurs problèmes avec leurs parents, ou qui n'ont pas de famille, pourront venir s'entretenir avec des médecins. Une jeune fille de quinze ans a un problème gynécologique, elle sera dirigée vers la gynéco de Cochin ou de Saint-Vincent-de-Paul ; un jeune qui a un problème pulmonaire, on va lui faire une radio. Ce sera à la fois un centre d'orientation, de diagnostics, de dialogue et d'écoute, de soins et de prévention, avec en plus une petite unité de recherche rattachée à l'Inserm. Toujours au rez-de-chaussée, une cafétéria pour que les familles ou les amis puissent venir prendre un café, manger un sandwich avec les jeunes pensionnaires.

P.C. : *Ceux qui occuperont des chambres à l'étage ?*

B.C. : Il y aura une vingtaine de lits d'hospitalisation qui seront réservés aux cas les plus difficiles, les plus urgents et dont l'hospitalisation sera jugée nécessaire par le service médical. Comme je vous le disais, il pourra aussi bien s'agir de jeunes victimes d'une forte dépression, ou d'un état suicidaire, ou atteints de troubles de la nutrition. Naturellement, vingt lits, c'est peu, mais la force de ce type d'établissement réside dans son côté humain, accueillant et rassurant pour les adolescents et leur famille.

P.C. : *Est-ce qu'il y a un domaine particulier où vous êtes intervenue ? Des exigences particulières que vous avez formulées ?*

B.C. : Ma grande idée, ce sont les ateliers. A vrai dire, je ne suis pas la seule à l'avoir eue. Je me suis inspirée de Marcel Rufo dont j'ai beaucoup admiré le service à Marseille. Il s'agit de l'« espace Arthur », à l'hôpital de La Timone. J'aimerais d'ailleurs qu'il vienne diriger cette maison, parce que le succès d'une telle entreprise dépend beaucoup de la compétence et du charisme du « patron ». Du charisme, Marcel Rufo en a à revendre, c'est un homme du Midi, enthousiaste. Mais je souhaite en faire davantage. Je veux, comme chez lui, une salle de danse, avec un immense miroir, une barre et un tapis de sol approprié. Tous les malades ne pouvant pas faire de la danse classique, ils seront suivis par des kinésithérapeutes. Je veux une salle de musique, un atelier d'informatique, une médiathèque comme nous en finançons dans beaucoup d'hôpitaux d'enfants. Un atelier de peinture. Un salon de beauté. Parce que pour sortir ces jeunes de leur drame personnel, il faut en premier lieu les occuper. Très souvent, on les laisse seuls dans leur chambre, coupés de leur famille, sans téléphone. Ceux qui souffrent d'anorexie mentale, on les oblige à manger pour avoir droit à autre chose. Comment voulez-vous qu'ils s'en sortent ? A la Maison des adolescents, il y aura une cuisine diététique. Je pars du principe que pour re-nutrir ces jeunes, il faut leur proposer des repas attrayants.

P.C. : *Vingt lits, c'est finalement très peu... Vous prévoyez déjà d'autres Maisons des adolescents ?*

B.C. : Vingt lits, c'est peu, en effet, mais il ne faut pas faire trop grand non plus. Vous savez, c'est un projet qui coûte cher. La fondation finance entièrement la construction et l'équipement. Tout cela grâce aux pièces jaunes que collectent chaque année au mois de janvier les petits enfants. C'est l'Assistance publique qui en assurera le fonctionnement avec des médecins, des personnels soignants, des animateurs, etc. Naturellement, nous en surveillerons de près l'activité et nous mettons en place avec l'Assistance publique une sorte de comité de pilotage de l'établissement.

Vous me demandez s'il y en aura d'autres. J'espère bien ! Mais il faut que la première soit une réussite, qu'elle soit exemplaire.

P.C. : *Comment seront-elles financées alors ?*

B.C. : On peut imaginer qu'elles soient calquées sur le modèle de la Maison des adolescents de Paris. Si, par exemple, une grande ville de province souhaite un équipement de cette nature, le conseil d'administration de la fondation décidera d'une éventuelle participation au financement. D'ores et déjà il est évident que nous ne pourrons pas financer en totalité les projets parce que, une fois encore, ils sont très lourds financièrement, mais on peut imaginer que des associations locales ou régionales se créent et trouvent, grâce à des entreprises locales ou des industries, des partenariats. C'est ce que nous faisons déjà lorsque nous créons des Maisons de parents dans les hôpitaux. La fondation n'assume jamais entièrement le financement. Elle participe dans des proportions variables et elle vient en complément de ce qui a été déjà rassemblé. Mais je pense aussi que la Maison des adolescents pourra conseiller et soutenir des initiatives dans ce domaine. Forte de son expérience, de la qualité de celles et de ceux qui vont la faire fonctionner, elle pourra orienter, suggérer et servir de référence. A plus long terme, on pourrait imaginer que ces Maisons des adolescents fonctionnent en réseau, irriguées par la première Maison de Paris. Vous savez, il y a, hélas, beaucoup de besoins et beaucoup d'attente en France, et c'est la raison pour laquelle je suis très attachée à la réussite exemplaire de notre projet.

P.C. : *Vous vous êtes également intéressée au cas des personnes âgées hospitalisées ? Qu'espérez-vous réaliser dans ce domaine, quels sont les programmes mis en route ?*

B.C. : A l'origine, comme je l'ai déjà dit, la fondation a été créée pour améliorer la qualité de vie des enfants malades à l'hôpital. Il y a quelques années, le conseil d'administration a pensé qu'il fallait aussi s'intéresser à l'autre bout de la chaîne de la vie et qu'il y avait dans les services de gériatrie des établissements médicalisés beaucoup de détresse, beaucoup de solitude et beaucoup à faire pour améliorer l'environnement des malades hospitalisés. La France vieillit. Les Français vivent et vivront de plus en plus vieux. Aujourd'hui on évoque le quatrième et même le cinquième âge. Nos aînés ne doivent pas être oubliés : 500 000 personnes âgées vivent actuellement à l'hôpital ou en maisons de retraite médicalisées en France. Améliorer leur quotidien, tel est notre objectif. Nos aînés, nos « vieux », demeurent une source inépuisable de richesse et d'expérience, de mémoire pour les jeunes. Nous nous devons de les entourer. Les équipes soignantes en service de gériatrie me l'ont souvent dit : « Madame, ce que vous faites pour les enfants, c'est très bien, pensez à nous un jour. » Malheureusement, la collecte est beaucoup plus difficile à réussir pour les personnes âgées. L'opinion est moins motivée. On ne veut pas se projeter dans un univers de dépendance. On se voile un peu la face. Le visage de la personne âgée, c'est notre propre projection dans le grand âge et cela nous fait un peu peur. De plus, nos concitoyens pensent souvent que l'on fait ce qu'il faut pour les personnes âgées. Cela se traduit dans le courrier que je reçois souvent. Au fond, certains considèrent même que dès lors que la personne âgée est nourrie, logée, soignée, lavée, c'est suffisant et qu'il n'y a pas lieu de se mobiliser davantage. La cellule familiale a éclaté. On ne veut plus se charger des parents, on les « case » en maison de retraite. La vie moderne où les deux conjoints travaillent ne facilite certes pas les choses. Il y a des pays où cela ne se produit pas de la même manière. En Russie, par exemple, les *babouchkas* jouent un rôle considérable. Elles s'occupent aussi des petits-enfants ; même chose en Chine ou en Afrique. Quand je reçois des femmes de chefs d'État africains, nous en parlons quelquefois et pour elles il est inconcevable de ne pas garder ses « anciens » à la maison. Aujourd'hui les centenaires sont très nombreux. Il faut s'en réjouir, mais cela pose le problème de la dépendance car les personnes âgées ne vieillissent pas toutes dans de bonnes conditions. C'est la raison pour laquelle, depuis 1997, la fondation mène, au-delà d'une collecte, un travail de sensibilisation sur les besoins et les attentes des personnes âgées hospitalisées, et nous conduisons des actions dans le domaine de l'amélioration de la qualité de vie à l'hôpital qui s'apparentent à ce que nous faisons pour les enfants. L'an dernier, la campagne 2000 a rassemblé 5 millions de francs qui ont permis de financer plus de 120 projets comme des « espaces tendresse », des ateliers de cuisine, des aménagements de jardins ou encore des salons de soins esthétiques. Mais surtout nous avons développé, et nous allons recommencer cette année, un programme spécial « fauteuil roulant » pour les personnes âgées dépendantes. Le fauteuil roulant est synonyme de mobilité et d'autonomie. Il permet de renouer avec les autres, de tisser un lien social et de s'ouvrir sur le monde. Cette année nous avons pu financer 456 fauteuils roulants pour la France entière, mais la tâche qui reste à accomplir est vaste.

P.C. : *Pardonnez l'enchaînement plutôt abrupt, mais quel est votre sentiment sur l'euthanasie ?*

B.C. : Vous me faites penser au professeur Gentilini, le président de la Croix-Rouge française ! Pendant un voyage au Gabon, il a lancé une déclaration qui a fait sauter en l'air tout le monde autour de la table, mais c'était par goût de la provocation : « Tous ces vieux, achevez-les ; ils ne sont plus bons à rien et coûtent trop cher à la société ! » Il voulait dénoncer l'attitude de ceux qui se débarrasseraient bien vite des personnes âgées ; mais il ajoutait, dénonçant aussi l'acharnement thérapeutique à l'égard des grands malades au stade ultime, entretenus artificiellement en survie, qu'il fallait savoir parfois « débrancher la machine », c'est ce qu'on appelle l'« euthanasie passive », autrement dit l'arrêt des soins.

En ce qui me concerne, j'ai du mal à prendre position. C'est un sujet trop grave pour notre conversation de salon. Pour débrancher la machine, vous comprenez, il faut non seulement la certitude des médecins, mais encore l'accord de la famille... En revanche, je suis moi aussi contre l'acharnement thérapeutique, tel que je l'ai vu pratiquer dans certains hôpitaux, notamment sur des cancéreux. J'ai en mémoire le cas d'un homme qui était à l'agonie et qu'on continuait, toutes les demi-heures, à transfuser, en prolongeant ses souffrances. Cela m'a choquée.

P.C. : *Vous qui visitez fréquemment les hôpitaux, qui connaissez les méandres de l'Assistance publique, qui avez l'occasion de discuter avec le personnel, médecins et infirmières, quel est aujourd'hui votre regard sur notre système de santé ?*

B.C. : Je ne souhaite qu'une chose : que l'on n'oublie jamais la finalité des dépenses de santé. La technique évolue, elle permet de soigner plus et mieux, de façon plus précoce, avec des résultats plus grands. Cela a un coût, bien sûr. Et il faut des contrôles légitimes, pour éviter les dérives, les abus, les gaspillages. Mais cela ne doit pas remettre en question le but qu'il ne faut pas perdre de vue : guérir des personnes, sauver des vies. Les malades, c'est vous, c'est moi, ce sont nos enfants, nos parents, nos grands-parents.

P.C. : *C'est une inquiétude couramment exprimée par les médecins que vous rencontrez ?*

B.C. : Ils en sont traumatisés. Comprenons une fois pour toutes que le médecin est un dépensier public. Sinon on renonce à soigner les gens, on ne suit pas les progrès de la médecine, de la chirurgie. Même chose pour les médicaments. Les plus efficaces, dans certaines spécialités, sont aussi les plus récents, donc les plus chers. Songez au sida et à la trithérapie. C'est Hillary Clinton qui m'en a parlé la première. Nous visitions un « hôpital de jour » pour les malades atteints du sida à Washington. En circulant dans les salles, elle me dit : « Il y a un espoir formidable, on vient d'annoncer un nouveau traitement, la trithérapie, l'association de trois médicaments... » Au début, le traitement, qui a obtenu de très bons résultats, coûtait 300 000 francs par personne. Aujourd'hui, je crois qu'on est descendu à peu près à 40 000 francs. Encore beaucoup trop cher malheureusement pour les pays en développement... Mais on a trouvé sans cesse de nouveaux traitements, de nouveaux médicaments, adaptés à des maladies atroces. Et il serait criminel de ne pas les utiliser. Comment voulez-vous parler de réduire les dépenses quand il s'agit de la vie d'êtres humains ?

P.C. : *Vous parlez du sida. On n'a pas encore gagné, loin s'en faut, la bataille contre ce virus. Réagissez-vous à cette pandémie ? Vous n'êtes pas tentée de mener une action dans ce sens-là ?*

B.C. : Il ne faut pas s'éparpiller, se disperser, sinon tout est superficiel. Je n'aurais matériellement pas le temps de mener une action supplémentaire. Toutefois, au début du septennat, le professeur Gentilini est venu me demander si j'accepterais d'accompagner, en tant que présidente d'honneur, son action en faveur de la lutte contre le sida en Afrique. Il n'était pas encore président de la Croix-Rouge. J'ai accepté, en lui expliquant bien que je n'aurais pas le temps de me rendre en Afrique. Et puis finalement je viens de faire deux voyages coup sur coup, à Ouagadougou et à Libreville.

P.C. : *Quel était le but de ces voyages ?*

B.C. : Inaugurer les nouveaux CTA, c'est-à-dire les Centres de traitement ambulatoire que la Croix-Rouge française, donc son président le professeur Gentilini, ouvre en Afrique. Celui de Libreville au Gabon était le septième du genre. Il compte sept lits d'hospitalisation de jour, avec une rotation de 60 personnes par jour. Ce CTA comprend aussi un laboratoire bien équipé, avec un appareil ultramoderne — qui vaut à lui seul 100 000 francs —, un compteur de lymphocytes, qui permet des diagnostics rapides. C'est magnifique, parce que exemplaire, comme le dit le professeur Gentilini, et en même temps c'est une goutte d'eau. Quand on sait qu'il y a 35 millions de séropositifs à travers le monde dont 25 millions pour le seul continent africain... Des centres comme celui-ci, il en faudrait plusieurs dans chaque pays. Je voudrais essayer d'aider le professeur Gentilini à trouver des moyens ! Il y a des gens qui en sont très largement pourvus et qui ne lèvent pas le petit doigt pour les autres. Ou alors uniquement en fonction du retour d'image, pour leurs entreprises... On devrait arriver à diffuser largement cette trithérapie pour la rendre plus facilement accessible aux pays du tiers monde. Il faudrait parvenir à un accord mondial là-dessus. Et la France devrait continuer à jouer un rôle de leader dans la réflexion sur la prise en charge des malades du sida. La situation actuelle me choque profondément.

P.C. : *Quelle est votre position sur l'avortement ?*

B.C. : Je souhaiterais que notre société se batte avant tout pour le respect de la vie, sous toutes ses formes. Préserver la vie me semble un devoir. La mort n'a jamais été une réponse, encore moins une solution. Et je crois aussi que personne n'est en mesure de sonder les cœurs. Des drames humains existent. Chacun y fait face avec sa conscience et ses propres références. Comment ne pas venir en aide à ceux qui en ont besoin, qui appellent au secours ? Gardons-nous de juger trop vite, gardons-nous de juger tout court. Il faut de l'humilité. Il faut de la compassion. Il faut peut-être tout simplement de l'humanité. Cela n'implique pas de renier ses convictions.

P.C. : *Une dernière question : personnellement, la maladie vous effraie ?*

B.C. : Oui, j'ai très peur de la maladie et je ne serais pas courageuse si je devais un jour avoir un vrai problème de santé.

Une chose est sûre, j'éprouve une très grande admiration pour les équipes soignantes dans les hôpitaux, pour les infirmières, les médecins et les chercheurs.

Cela me rappelle un texte que mon mari a lu à Sainte-Clotilde, pour la messe d'enterrement de mon père, en 1985. La *Prière de ceux qui cherchent*. Elle a été écrite pendant la guerre par le professeur Jean Bernard, que nous admirons infiniment. Il est le grand spécialiste de la leucémie. Si aujourd'hui on guérit 70 à 80 % des leucémies frappant les enfants, c'est grâce à lui. Ce texte me touche beaucoup parce qu'il parle des chercheurs, des équipes soignantes, de leur désarroi devant un enfant qui meurt et qu'ils n'ont pas su tirer d'affaire. Je ne vous le cite pas en entier, parce que ce serait trop long, mais en voici quelques phrases clés :

Prière de ceux qui cherchent

Seigneur, voici la prière de ceux qui cherchent à connaître les mystères de la vie, de la maladie et de la mort...
Dans les chambres blanches que meublent d'étranges appareils, ils sont là, vêtus d'étoffes blanches...
Ils sont là, ils marchent, ils rêvent à ces corps d'enfants qu'ils ont en charge, à ce petit Michel qu'ils auraient tant voulu sauver et qui remerciait avec tant de gentillesse quand on le soignait ; à Chantal qui avait deux ans et les cheveux blonds, à Gérard et à Christian qui ressemblaient aux deux anges du jubé de Saint-Étienne-du-Mont, à Lucienne, à Jean-Pierre qui sont morts comme les autres.
Seigneur, ayez pitié de nous qui cherchons, donnez-nous le courage nécessaire pour résister aux erreurs, aux injustices et aux discordes.
Donnez-nous la force nécessaire pour tout reprendre et recommencer quand nous savons que nous nous sommes trompés...
Qui trouvera en lui l'idée neuve, ou qui soudain comprendra l'importance de l'accident que Vous lui montrerez et qui, par Vous, pour Vous, donnera la vie à Michel, à Chantal et aux autres ?
Les causes des découvertes sont multiples, la première est la Gloire de Dieu.

6

« La violence attire la violence »

P.C. : *J'aimerais aborder avec vous un sujet d'actualité qui est devenu un véritable phénomène de société : l'insécurité, la violence, en particulier chez les jeunes, y compris en milieu scolaire. Cela pourrait nous amener à réfléchir sur l'éducatif, sur la responsabilité des parents, plus généralement sur les valeurs de notre société. Lors du traditionnel entretien du 14 Juillet, on a vu que le président de la République comptait faire de l'insécurité un des thèmes centraux de la campagne présidentielle. Est-ce aussi un sujet qui vous préoccupe ?*

B.C. : Il ne s'agit pas d'un thème électoral, comme vous le dites, mais d'un souci quotidien pour les Français, qui sont confrontés à une insécurité sans cesse croissante. C'est un souci majeur. D'ailleurs, il suffit de lire la presse ou d'écouter les témoignages autour de soi pour le vérifier. Ici ce sont des bandes rivales qui s'affrontent, là des voitures incendiées, des agressions physiques dans la rue ou les transports en commun, dans les trains, des sacs à main arrachés, des vols à l'étalage... Sans parler de tout ce qu'on nomme pudiquement les « incivilités » et qui échappe largement aux statistiques. Car on sait bien que malgré leur hausse sensible, celles-ci traduisent mal la réalité, parce que beaucoup de victimes renoncent à porter plainte. Allez dans un commissariat pour déclarer un vol de vélo, on vous répondra : « Ce n'est pas la peine, vous perdez votre temps ! » Nous en sommes au point où les forces de l'ordre ne s'aventurent plus dans certains quartiers. Il arrive que des enfants soient agressés sur le chemin de l'école. D'où le sentiment de plus en plus répandu que la République est en train d'abdiquer. Déjà, lorsque mon mari était maire de Paris, on savait qu'il y avait un trafic de drogue dans tel groupe d'immeubles, mais les policiers qui l'accompagnaient dans ses visites lui disaient : « Vous voyez, là, monsieur le maire, nous n'y allons plus. » Aujourd'hui, dans certaines grandes agglomérations de province, la situation est pire encore. Ce qui est nouveau et très préoccupant, c'est que le phénomène se propage partout : dans les zones rurales, l'augmentation de la violence sur six mois a été de 17 % ! Autrement dit, la vie quotidienne de l'ensemble des Français est affectée. En ville, il y a longtemps que les gens ne se sentent plus en sécurité dans les moyens de transport.

P.C. : *Vous prenez le métro ?*

B.C. : Monsieur de Carolis, je me déplace la plupart du temps sans l'accompagnement de l'officier de police chargé de ma sécurité, je fais quantité de choses toute seule ; mais, c'est vrai, il y a longtemps que je n'ai pas pris le métro. Mais cette insécurité, vous la rencontrez aussi dans les trains de grandes lignes, que je prends régulièrement. Il y a quelque temps, j'arrive à Dijon, je tombe sur un piquet de grève dans la gare. Des syndicalistes m'expliquent qu'un contrôleur vient de se faire agresser dans un TGV entre Paris et Dijon. Alors qu'il vérifiait les titres de transport, un individu a surgi des toilettes et l'a violemment frappé au visage.

P.C. : *La violence entre aussi de plus en plus, on l'a vu, en milieu scolaire, notamment dans les banlieues. Vos déplacements vous ont-ils aussi sensibilisée à ce problème ?*

B.C. : Oui, tout à fait. Je dialogue beaucoup avec les enseignants. J'admire ceux qui sont en poste dans ces lycées et collèges difficiles, et qui donnent beaucoup d'eux-mêmes. Certains ne tiennent pas le coup nerveusement. Les élèves ne respectent plus leurs professeurs, qui se trouvent en butte à une agression permanente, verbale et parfois physique... On sait que des proviseurs ont été frappés par des élèves, quand ce n'est pas par des parents furieux qu'on ait osé infliger une mauvaise note ou une punition à leur enfant ! Dans ces conditions de chahut et de tension, comment voulez-vous que les enseignants remplissent leur mission ? Ceux que je rencontre en Corrèze me disent à quel point ils apprécient d'être dans une région calme. Ils sont conscients des difficultés énormes que connaissent leurs collègues affectés en ZEP, en région parisienne, lyonnaise, marseillaise ou autre.

P.C. : *Est-ce que vous allez souvent dans les collèges sensibles ?*

B.C. : Non. Vous savez bien que l'essentiel de mes déplacements s'articule autour des hôpitaux. Mais je lis les dossiers, les statistiques, la presse. Je suis attentive à ce que j'entends de la bouche des enseignants, des parents, comme des élus. Encore récemment, un maire de la région parisienne me disait : « Vous ne pouvez pas imaginer les problèmes auxquels nous sommes confrontés ! » Violences à la sortie des écoles, dans l'enceinte même des écoles, gamins qui se baladent armés de couteaux... Et là encore, le phénomène se généralise. Même les zones les plus favorisées ne sont pas à l'abri du trafic de drogue, des violences, de ces pistolets à grenaille que l'on introduit en classe.

P.C. : *A quoi attribuez-vous cette violence juvénile ?*

B.C. : En premier lieu, je suis intimement convaincue d'une chose : la violence attire la vio-

Avec Maman - J'avais 3 ans.

mon premier portrait.

A Marcault, avec mes cousins Bernard et Marie-Claire de Couët.

Avec mes cousines Annette et Claude,
à Anthien, dans la Nièvre.
Je les adorais et je les admirais.

Avec Papa,
à son retour de
captivité.

Avec Maman, le jour de
ma communion solennelle.

Papa était l'aîné de 10 enfants.
Je suis assise dans l'herbe, aux pieds de mon père.

Ma belle-mère était une femme extraordinaire très belle, très bonne. un vrai personnage.

Un pêcheur au bord de la Vienne
Été 1960. A Nedde.

En 1ère année de sciences Po, déjeuner annuel, organisé par Jacques. Je suis placée entre les deux maîtres de conférences, Monsieur F. Raison et Marcel Reinhard.

physiquement, il ressemble à son père comme deux gouttes d'eau.

j'aurais tellement aimé faire partie du séminaire Chardonnet, qui faisait visiter des mines à ses étudiants de Sciences Po.

Dans la voiture, à la sortie de Sainte Clotilde, le jour de notre mariage, le 17 mars 1956.

En Corrèze, en famille.

En famille, avec Laurence et Claude.

En vacances avec Jacques dans les années 70.

Nous avons passé tout le mois d'Août 1994 au Japon. Nous avions fait, entre autres, l'ascension du mont Fuji.

Avec Claude et Jacques
l'Hôtel de ville.

Avec Sumo.
Avec Sumo, dans le parc de l'Elysée.

Promenade avec Martin, à Brégançon.

A l'occasion du festival international de la danse avec Rudolf Noureev.

Un concert à l'Hôtel de ville.

A l'occasion des vendanges de Montmartre, avec Alain Juppé.

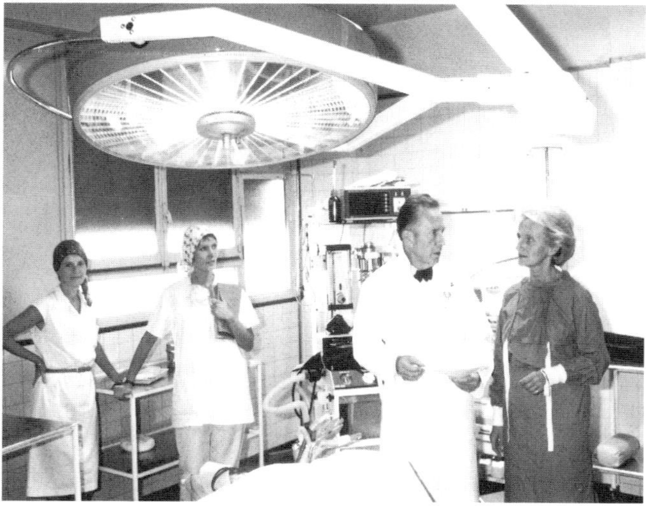

Etienne Vatelot
dans son atelier.
C'est un conteur merveilleux.

j'admire beaucoup
Daniel Barenboïm.

Avec notre grande amie Line Renaud, un soir de fête.

Avec Odette Ventura qui nous aimons beaucoup.

Avec Pierre Soulages, dans son atelier.

Avec le Pape Paul VI.

Avec Roger Mespillat, Maire de Sarran, qui m'a appris tellement de choses.

Maman, avec le Pape Jean-Paul II, lors des journées mondiales de la jeunesse en 1997.

Avec Henri Belcour, sénateur maire d'Ussel.

A la Maison Blanche, avec le Président
et Madame Ronald Reagan.

Avec Monsieur et Madame Georges Bush
en 1987 -

Avec Gallina et Slava Rostropovitch
« l'homme le plus chaleureux, le plus gai
le plus fascinant que je connaisse »

Visite à l'école maternelle de Corrèze
avec Hillary Clinton en Mai 1998.

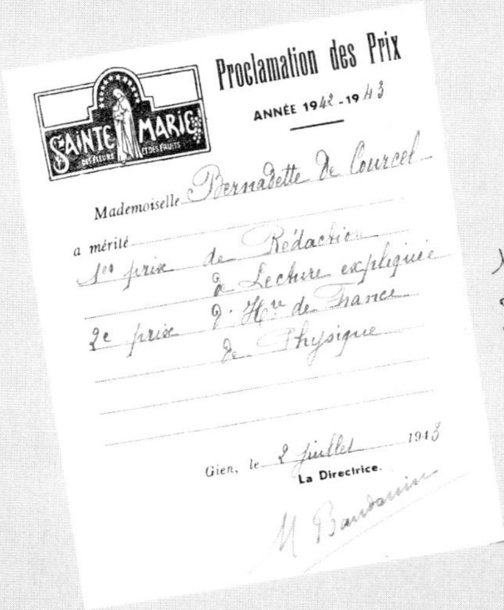

Proclamation des Prix

ANNÉE 1942-1943

Mademoiselle Bernadette de Courcel

a mérité

1er prix de Rédaction

de Lecture expliquée

2e prix d'Hre de France

de Physique

Gien, le 2 juillet 1943

La Directrice.

M Baudouin

Un bulletin de notes de l'École Sainte Gien, en juillet 1943.

Noël 43

Ma chère maman,
Mon cher papa,

J'aurais voulu mettre sur cet arbre tant de gâteries, tant de cadeaux enfin tout ce que mon cœur voulait vous offrir....

Mais la modicité de ma bourse et les difficultés de l'heure présente, ont réduit mes ardeurs à ce que vous voyez. Mais elles n'empêchent pas mon amour et ma reconnaissance de se manifester en cet heureux jour de fête.

Jacques

Message de Noël dessiné et offert par mon mari, à ses parents en 1943.

Signification des principales indications qui peuvent éventuellement figurer en tête d'adresse

AR : Remettre contre reçu.
URGENT.
FS : Faire suivre.
JOUR : Ne remettre que le jour.
MP : Remettre en mains propres.
NUIT : Remettre même la nuit (si le bureau d'arrivée est ouvert).

OUVERT : Remettre ouvert.
PC : Accusé de réception.
RPx : Réponse payée x francs.
TC : Télégramme collationné.
TÉLÉPHONE : À téléphoner à l'arrivée.
XPx : Exprès payé x francs.

LE PORT EST GRATUIT dans l'agglomération du bureau d'arrivée

RÉPUBLIQUE FRANÇAISE TÉLÉGRAMME POSTES - TÉLÉGRAPHES - TÉLÉPHONES

Mr Decourcel
107. Bd. Raspail
Paris

A DÉCHIRER

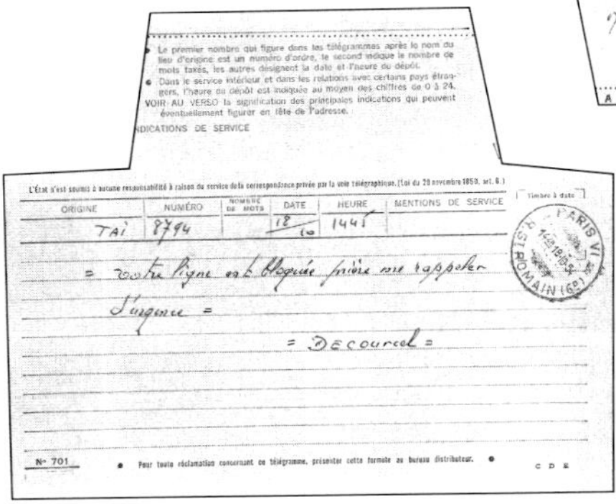

- Le premier nombre qui figure dans les télégrammes après le nom du lieu d'origine est un numéro d'ordre, le second indique le nombre de mots taxés, les autres désignent la date et l'heure du dépôt.
- Dans le service intérieur et dans les relations avec certains pays étrangers, l'heure du dépôt est indiquée au moyen des chiffres de 0 à 24.

VOIR AU VERSO la signification des principales indications qui peuvent éventuellement figurer en tête de l'adresse.

INDICATIONS DE SERVICE

L'État n'est soumis à aucune responsabilité à raison du service de la correspondance privée par la voie télégraphique. (Loi du 29 novembre 1850, art. 6.)

ORIGINE	NUMÉRO	NOMBRE DE MOTS	DATE	HEURE	MENTIONS DE SERVICE
TAI	8794		18/10	1441	

Timbre à date

= votre ligne est bloquée prière me rappeler d'urgence =

= Decourcel =

N° 701 • Pour toute réclamation concernant ce télégramme, présenter cette formule au bureau distributeur. • C D E

Mon Père nous envoyait des Télégrammes
de son bureau, nous priant de libérer
la ligne d'urgence.

Première étape du Tour de France
organisée dans le canton de Corrèze,
à Chaumeil en 1987.

Photos personnelles dont certaines de
Monsieur Christian Boyer.

lence. D'une part, quand les jeunes voient à la télévision des exactions commises dans certains quartiers — voitures incendiées, magasins pillés, autobus ou véhicules de pompiers lapidés —, cela a un effet d'entraînement. Pourquoi n'iraient-ils pas « casser », à leur tour ? Histoire de se défouler. Il faut compter aussi avec l'influence néfaste de certains films violents, de certains jeux vidéo...

P.C : *Vous ne pensez pas que les jeunes sont capables de faire la différence entre la réalité et la fiction, d'avoir une certaine distanciation vis-à-vis de l'image ?*

B.C. : Je l'espère, mais je n'en suis pas certaine. A cela il convient, bien sûr, d'ajouter de nombreux facteurs, le désœuvrement dans ces quartiers dits « défavorisés », où le chômage sévit, où l'on a souvent affaire à des populations immigrées plus ou moins intégrées... Sans compter toutes les tentations qui vont de pair avec notre société de consommation. Les jeunes veulent avoir ces objets qu'ils voient dans les vitrines, qu'ils ne peuvent s'offrir mais dont on leur vante les mérites à longueur de publicités. Puisqu'ils n'ont pas les moyens de se les procurer, ils peuvent être tentés de piller, de commettre des larcins. Mais ce que je voudrais souligner, c'est que tous ces facteurs — influence de la télévision, inactivité, etc. — auraient moins de prise sur ces jeunes s'ils avaient des bases solides. La violence est l'apanage de générations déstructurées par la perte des repères essentiels. Je pense en tout premier lieu à l'éclatement de la famille. Il existe malheureusement une masse de jeunes à l'abandon, qui est prête à se procurer de l'argent par tous les moyens. En bousculant une vieille dame pour lui voler son sac par exemple. Nous connaissons tous des personnes âgées qui ont été agressées ainsi. Et les voitures dont on ouvre la portière aux feux rouges pour y dérober tout ce qui est à portée de main ! Combien de personnes ont été victimes de ce genre de vols ! Il y a enfin, et parfois surtout, un sentiment d'impunité qui s'installe. Un jeune délinquant, souvent multirécidiviste, est arrêté, et le lendemain il est dehors, renforcé dans son rôle de « caïd ». Cela, ce sentiment d'impunité, est extrêmement grave.

P.C. : *Est-ce que vous mettez en cause l'éclatement de la famille ou bien la démobilisation, pour ne pas dire la démission, des parents ?*

B.C. : Je suis très hésitante sur ce sujet. Parce qu'il y a des cas où, me semble-t-il, les parents ont fait ce qu'ils ont pu. Ils se sont occupés de leurs enfants, ils se sont parfois saignés aux quatre veines pour les élever. Ce sont des familles construites qui ont gardé un sens des valeurs. Et puis, on ne sait pas pourquoi, un enfant dérape, tombe sous l'emprise d'une bande, sombre dans la drogue et la délinquance. A l'insu des parents. On ne peut donc pas parler obligatoirement de « démission », la réalité est plus complexe. Mais une chose est sûre : privé de l'encadrement de la cellule familiale, ou tout simplement de dialogue, le jeune est à la dérive. Il se laisse alors emporter par la première vague qui passe à proximité. Et c'est vrai dans tous les milieux. J'ai eu l'occasion d'en discuter avec le proviseur d'un lycée parisien qui a beaucoup insisté sur le cas de ces enfants qui sont livrés à eux-mêmes pendant le week-end. Il y a aussi les « enfants clés », ces gamins qui ont une clé pendue au bout d'une ficelle parce qu'il n'y a personne pour les accueillir à la sortie de l'école, lorsqu'ils rentrent à la maison, les « orphelins de 16 h 30 », comme je l'ai lu. Quelle société peut-on construire sur ces bases ? Savez-vous que le suicide est la deuxième cause de mortalité chez les jeunes après les accidents de la route ? Ils souffrent d'un terrible manque d'amour. Les parents essaient de combler le vide en donnant de l'argent, ce qui n'est évidemment pas la solution. « Débrouille-toi, va au cinéma, fais ce que tu veux... » Il faut bien parler d'une crise de l'autorité parentale. Autrefois, avant 1968, on considérait que les parents étaient trop stricts, qu'ils ne comprenaient pas les jeunes. Du coup, on est tombé dans l'excès inverse. On est passé du carcan rigide à une culture ultra-permissive. Sous couvert de se montrer à l'écoute, on laisse les adolescents agir à leur guise, on ferme les yeux sur leurs fréquentations, alors qu'ils ont besoin, pour se construire, de savoir où sont le bien et le mal, où s'arrête sa liberté et où commence celle de l'autre. Ils ont besoin de reconnaître une autorité. Le drame, c'est que cette absence d'autorité se prolonge à l'école.

La faute n'en revient pas aux enseignants, c'est une évolution générale des mœurs. Les jeunes n'apprennent plus à dire bonjour, ni merci, ni au revoir. Les classes qui se lèvent à l'arrivée de l'inspecteur d'académie, c'est de l'histoire ancienne. On a perdu le sens des valeurs essentielles, comme le respect.

P.C. : *Les divers scandales qui ont agité la classe politique, comme une certaine classe de chefs d'entreprise, n'ont-ils pas eu des répercussions sur le mental de ces jeunes ? L'exemple ne vient pas forcément d'en haut...*

B.C. : Cela joue probablement. D'un autre côté, il ne faudrait pas toujours chercher des excuses. Je suis convaincue qu'on a donné trop d'importance à des cas finalement marginaux. Est-il bien nécessaire d'afficher en permanence ces scandales dans la presse écrite et à la télévision ? Pourquoi ne pas montrer des exemples positifs, des hommes et des femmes qui réussissent leur vie ? De très nombreux jeunes des banlieues difficiles, issus de l'immigration, qui s'en sortent, avec une volonté que j'admire ? Des équipes soignantes dans les hôpitaux, qui se dévouent sans compter leurs heures... Mais je m'arrête, car je vais encore passer pour une moralisatrice.

P.C. : *Dans votre condamnation de la télévision, vous pensez à des émissions en particulier ?*

B.C. : Monsieur de Carolis, ne me poussez pas à pointer du doigt tel ou tel programme. Je vous décris un état d'esprit général, qui me paraît peu propice à l'élévation morale. Sous couvert d'information, on nous présente trop souvent des documents racoleurs qui cherchent à flatter les instincts les plus bas. Je ne condamne pas la télévision ou la radio, bien sûr. La télévision peut être un instrument de culture extraordinaire ! Je sais bien que les règles de la concurrence conduisent à la course à l'audience et à la recherche de l'audimat. Les médias jouent un rôle essentiel dans une démocratie. Ils doivent avoir aussi le sens de leurs responsabilités et de leurs missions.

P.C. : *Une parenthèse. On vous a dit très agacée par votre représentation dans « Les Guignols de l'Info », sur Canal + ? Votre marionnette vous est restée en travers de la gorge ?*

B.C. : Ah, la fameuse histoire du sac à main... Je sais qu'il est de bon ton de rire de la caricature, mais il y a une limite ! Et je n'étais pas la seule à considérer qu'elle avait été dépassée. Jean Daniel, par exemple, a dénoncé cette campagne de dénigrement. Les responsables de l'émission m'ont bien envoyé une lettre d'excuse... pour mieux rediffuser ces horreurs dans la nuit du 31 décembre au 1er janvier 2001, et dans la journée du 1er janvier ! Je suis tombée dessus parce que cette nuit-là je guettais à la télévision le moment où la tour Eiffel allait devenir toute bleue. Je suis tolérante de nature, je sais que la vie politique expose beaucoup, mais trop, c'est trop !

P.C. : *Vous reconnaîtrez qu'il y a des domaines et des cas où cette vigilance de la presse et de l'opinion publique se justifie. Si l'on veut revenir par ce biais à la question des jeunes et de notre système éducatif, il suffit de penser aux nombreux cas de pédophilie qui ont mis en cause des instituteurs ayant abusé précisément de leur autorité.*

B.C. : Monsieur de Carolis, si votre question est : « Êtes-vous contre la pédophilie ? », la réponse est oui, cent fois oui ! Mon propos, vous l'aurez compris, n'était pas de couvrir des crimes ou de suggérer à la presse qu'elle nous présente une vision édulcorée de la vie. Mais simplement de mettre en garde contre certaines dérives. Ainsi, en Angleterre, on a publié des photos de pédophiles dans la presse et on a à plusieurs reprises frôlé des scènes de lynchage. Mais les journaux se sont vendus. Pendant ce temps, l'immense majorité des enseignants et des éducateurs fait preuve d'un dévouement, d'une générosité, d'une qualité professionnelle exemplaires et jamais on ne parle d'eux. On tape un peu trop facilement, de nos jours, sur les enseignants. Des vicieux, des malades, il y en aura toujours, et il faut lutter contre ces agissements affreux. Longtemps une chape de silence empêchait les jeunes victimes de parler, ce qui était terrible, et destructeur. Il faut, bien sûr, en parler, pour aider les victimes à se faire connaître, tenter d'apaiser leurs souffrances et punir les coupables. Mais faut-il pour autant ressasser ces exceptions ? A grand renfort d'images ? Dans ce domaine comme dans les autres, à force de cultiver la marginalité, on aboutit à fausser le jugement des Français.

P.C. : *Quelle opinion vous faites-vous de notre système éducatif dans son ensemble ?*

B.C. : Si on fait des comparaisons avec l'étranger, surtout pour le primaire et le secondaire, on peut dire que la France se place à un rang excellent. Lorsqu'on voyage à l'étranger et qu'on se penche un peu sur le niveau des écoles et des élèves, on constate que notre enseignement est de très bonne qualité. Quand Hillary Clinton est venue me voir en Corrèze, je lui ai fait visiter une maternelle, et elle a été enthousiasmée. Je laisse de côté l'enseignement supérieur, car les universités américaines sont à mon avis exceptionnelles, même si nous pouvons être très fiers de nos grandes écoles et de nombre de nos facultés.

P.C. : *Vous seriez d'accord pour que les enseignants soient payés au mérite ?*

B.C. : Pourquoi pas ? Mais il faudrait pouvoir distinguer à la fois ceux qui ont de bons résultats et ceux qui acceptent d'aller enseigner dans des établissements difficiles. A partir de là, qu'il y ait une incitation financière, pourquoi pas ? Mais, vous savez, il ne faut pas non plus tout attendre du corps enseignant. Leur travail globalement remarquable doit être complété par l'éducation personnelle, familiale et civique des jeunes. Contrairement à ce qui se passe aux États-Unis, on n'apprend pas en France aux enfants la fierté de la nation, trop souvent traitée avec scepticisme et ironie. Pourquoi ne pas rappeler l'honneur et les devoirs qu'il y a à être français ? Je trouve que cela manque cruellement.

P.C. : *Comment, à votre avis, peut-on renforcer le sentiment sécuritaire dans les lycées ? Est-ce qu'il faut y faire entrer la police, à l'image de ce qui se fait aux États-Unis ?*

B.C. : Il n'est pas nécessaire de prendre les États-Unis comme modèle pour dire qu'il faut un règlement, et donc des sanctions. Faire entrer la police dans les établissements ? Pourquoi pas, si c'est nécessaire ? Je crois beaucoup, en tout cas, à une étroite collaboration entre l'école, la police, la justice et les maires.

P.C. : *Quelles sont, en amont, les solutions qui retiennent votre attention ? Est-ce que les enseignants, les élus font remonter par vous des pistes qui vous semblent intéressantes ?*

B.C. : Qui dit prévention dit toujours travail de longue haleine. D'autant que les causes étant multiples, les moyens d'action doivent l'être aussi. Je crois qu'il faut savoir faire preuve à la fois de pragmatisme et d'imagination. Un proviseur me disait récemment que, sur les zones d'éducation prioritaire, il militait depuis longtemps pour la réintroduction de l'internat. Parce que si les enfants sont globalement en sécurité dans le lycée, ils ne le sont plus quand ils sortent, sur le parcours qui sépare le lycée de la maison. Là, ils sont soumis à tous les rackets, à toutes les agressions, à toutes les tentations, aussi. Qui plus est, dans un certain nombre de cas, ils ne sont pas non plus à l'abri au sein de la famille, lorsque celle-ci est à la dérive pour diverses raisons. C'est sans doute une piste. Le principe consiste en fait à protéger les enfants des milieux les plus difficiles...

P.C. : *Les responsables de Sciences Po, partant du constat que l'accès à leur école était dans les faits réservé aux enfants issus de classes aisées, ont récemment décidé d'accueillir des étudiants venant de banlieues défavorisées. En tant qu'ancienne élève, y êtes-vous favorable ?*

B.C. : L'intention est bonne, même si on peut toujours en discuter les modalités. Reste que si nous voulons que l'égalité des chances et la reconnaissance des mérites demeurent les principes fondateurs de notre école républicaine, c'est en priorité dans le primaire et dans le secondaire que nous devons nous attacher à corriger ces inégalités de situation.

P.C. : *Vous parliez tout à l'heure de l'influence néfaste d'une société de consommation fondée sur l'argent. Selon vous, quelles sont les valeurs qui peuvent remplacer l'argent ?*

B.C. : Tout d'abord, il ne faut pas sous-estimer l'envie de réussite scolaire des jeunes, notamment dans les milieux défavorisés. La plupart d'entre eux ont conscience du fait que la promotion sociale passe par les études supérieures et ils travaillent dur pour passer leurs examens. Restons donc optimistes. L'argent ne constitue pas une valeur en soi, il faut leur donner le sens de la fraternité et de la solidarité. Parce que l'existence ne peut se résumer à une course à la possession. Un jour — il ne faut pas le leur souhaiter, bien sûr —, ils seront éprouvés par la vie, ils auront leur dose de problèmes, de malheurs, d'accidents de santé ou de revers quelconques. L'argent ne leur apportera pas la compensation nécessaire. L'équilibre d'une vie repose beaucoup sur la solidarité, sur la générosité envers les autres, qui peut s'exprimer de toutes sortes de manières. Aider ses camarades parce qu'on a plus de facilités, ou la chance d'appartenir à une famille plus aisée. Favoriser l'esprit d'équipe par le biais de projets éducatifs. Il y a là de vraies sources de mobilisation. Le manque d'amour du prochain ne peut déboucher que sur une société d'égoïsme et de désespoir. Or, vous le savez, les jeunes sont généreux de nature. Leur violence n'est parfois que l'expression d'une frustration, face à un sentiment d'injustice. Si on sait faire appel à ce qu'il y a de plus beau dans leur personnalité, je suis sûre que ces notions de fraternité et de solidarité trouveront un écho. Je pourrais citer, à titre d'exemple, les initiatives prises par des élus locaux, des animateurs, des policiers, dans le cadre de « raids aventure ». Vous allez me dire que je rêve tout haut, mais est-ce que le rêve n'est pas aussi le privilège de la jeunesse ? Vous voyez, à l'inverse de tout ce que j'ai pu dire de négatif, je crois au goût des jeunes pour l'authenticité de valeurs simples et permanentes. On a pu s'en rendre compte au moment des Journées mondiales de la jeunesse à Paris en 1997, dont le prodigieux succès a pris à contre-pied tous ceux qui annonçaient que la religion n'intéressait personne, que l'Église était morte... Il y avait une foule énorme, des jeunes qui n'avaient pas tous la foi mais qui étaient en quête de quelque chose, d'une spiritualité qui transcende ce monde matérialiste. Quitte pour cela à comprendre que c'est aussi dans nos faiblesses et dans les épreuves traversées au cours de la vie que se nourrit notre volonté.

P.C. : *Alors rien n'est perdu ?*

B.C. : Rien n'est jamais perdu, monsieur de Carolis, et surtout pas avec la jeunesse ! Car elle possède la force, l'enthousiasme. Les jeunes démarrent au quart de tour dès que quelque chose les choque ou les motive. Il suffit de voir ce qui s'est passé lors du Mondial. Les Champs-Élysées envahis en quelques minutes par cette foule immense et bigarrée, par ces Français de toutes origines, sans clivage aucun. Plus de cloisonnement de classes, de races, de générations, d'opinions politiques. Seule comptait l'exaltation de cette victoire. Notre drapeau tricolore brandi partout. Ce soir-là, j'étais en Corrèze parce que je préparais l'organisation de l'épreuve contre la montre, pour le Tour de France. C'était très émouvant parce que la nation était là, palpable, rassemblée autour de cet événement, fière d'elle-même. Le patriotisme, que l'on dit si difficile à éveiller, a bel et bien vibré ce soir-là. Cela m'a énormément frappée. Finalement les héros d'aujourd'hui, ce sont nos grands sportifs, les Zidane ou les Douillet. Ce que l'on applaudit, c'est leur talent, leurs succès obtenus pour la France. Et je trouve à la fois touchant et encourageant que ces deux héros soient précisément des hommes d'une grande gentillesse, tous les deux impliqués dans des actions humanitaires. Si le patriotisme peut encore vibrer à l'occasion d'un événement sportif, pourquoi ne réussirait-on pas à le réveiller à propos des grandes heures de l'histoire de France ? Est-il donc si utopiste ou réactionnaire de prôner l'attachement aux valeurs de la patrie ? Je ne le pense pas.

7

« Il va falloir vous blinder »

P.C. : *Cette fin de septennat est marquée par un certain nombre d'affaires, financement frauduleux des partis politiques, emplois fictifs, trucage de marchés publics, etc. Tous les partis sont concernés mais, en tant qu'ancien président du RPR et ancien maire de Paris, votre mari se trouve en ligne de mire de plusieurs instructions en cours. Une convocation comme simple témoin lui a été adressée, à laquelle il a expliqué qu'il ne pouvait pas répondre. Que vous inspirent ces procédures et ce climat général ?*

B.C. : La justice doit toujours passer, cela va sans dire. Quand des faits sont commis, je pense notamment à des faits d'enrichissement personnel avérés, ils doivent naturellement être sanctionnés. De manière générale, il est indéniable que la vie politique au cours des dernières décennies se passait dans une certaine opacité ; en particulier, rien n'était vraiment organisé pour le financement des partis qui sont tout de même l'un des piliers de notre démocratie. Depuis quinze ans, les choses ont beaucoup évolué. Des lois ont été votées dans le sens de la clarté et de la transparence. D'ailleurs, mon mari, quand il était Premier ministre entre 1986 et 1988, a fait voter les premiers textes législatifs qui, précisément, moralisaient la vie politique. Je ne dis pas que tout est devenu parfait du jour au lendemain. Certaines pratiques ont continué parce qu'elles faisaient partie des mœurs politiques, toutes formations politiques confondues, et qu'elles semblaient souvent anodines. Maintenant elles ne seraient plus possibles.

P.C. : *Il y a donc des progrès ?*

B.C. : Bien sûr, on ne peut que se réjouir de ce que la barre de la morale publique soit mise toujours plus haut. Pour autant, cette exigence doit être des deux côtés : du côté de la politique, mais aussi du côté de la justice. Par exemple, il n'est pas normal que des instructions durent entre cinq et dix ans, ponctuées tous les six mois de rumeurs et de pseudo-révélations, pour se terminer souvent par un non-lieu. On se relève difficilement de l'opprobre ainsi lancé pendant des années et des années. Il n'est pas normal non plus que la plupart des auditions se retrouvent dans la presse quelques heures après, nourrissant ainsi confusion et amalgame. Il n'y a jamais de sanctions contre de telles dérives. Chacun le voit, le secret de l'instruction, la présomption d'innocence sont bafoués chaque jour. Et pourtant il s'agit d'exigences de la démocratie.

P.C. : *Mais comment vivez-vous le fait que votre mari soit personnellement mis en cause ?*

B.C. : Très mal. Je trouve cela profondément injuste, parce que c'est un homme qui a consacré sa vie entière au service de la chose publique, au service des gens, au service d'un idéal politique, et je vois bien pourquoi certains veulent l'atteindre. Ce n'est pas un homme d'argent, l'argent n'a jamais été pour lui en quoi que ce soit une motivation, jamais !

Et puis, il ne s'agit pas seulement de la personne de mon mari, mais de la fonction même avec laquelle on ne saurait jouer impunément. Le chef de l'État doit mener une action à long terme, diriger la politique étrangère, incarner la nation. Il est le président de la République. Les Français l'ont élu. Ils lui ont accordé leur confiance pour sept ans. Il est très grave de tout faire pour remettre en question ce contrat de confiance. Il faut bien savoir que cela est très mauvais pour l'image de la France à l'étranger.

P.C. : *Que répondez-vous, personnellement, quand on évoque le système Chirac, le système HLM, à la Mairie de Paris ?*

B.C. : Mon mari a été maire de Paris pendant dix-huit ans. Il a été un excellent maire. Ce n'est pas un hasard s'il a été élu trois fois, remportant les vingt arrondissements de Paris en 1983 et en 1989. Faut-il rappeler par exemple que le SAMU social qu'il a initié a été reproduit ailleurs, en France et dans d'autres pays ? De même, la carte Paris-Santé, qui constituait une assurance maladie pour tous, a inspiré l'État, qui l'a adoptée ; il y a eu aussi la rénovation de nombreux quartiers, le rééquilibrage de l'est, qui ont considérablement modifié le visage de la capitale. Une politique culturelle à la fois brillante et proche des gens, beaucoup d'innovations dans les écoles pour l'enseignement artistique, le développement de la lecture. Le fleurissement, l'embellissement de Paris, la rénovation des Champs-Élysées, le POPB, le jardin Citroën, celui de Bercy, les berges de la Seine... Je pourrais citer tant de réalisations ! Les personnels municipaux étaient fiers de travailler à Paris pour leur maire, quelles que soient leurs sensibilités politiques, du plus haut échelon au plus modeste. Vous me parlez d'un « système » Chirac. Pour moi, il y avait une vision et une ambition de Chirac pour Paris. Et à titre personnel, j'en suis également très fière. D'ailleurs, les Parisiens que je rencontre en ont gardé un souvenir très fort.

P.C. : *Vous ne pensez pas qu'il a pu y avoir des erreurs, voire des fautes commises ?*

B.C. : Des erreurs peut-être. Qui n'en commet pas ? Mais rien qui justifie la campagne de calomnies dont l'ancienne équipe a été l'objet, la réécriture de l'histoire municipale. Ce qui est grave, avec cet hallali permanent de la vie politique, c'est qu'on décourage chez les nouvelles générations l'envie de s'engager, de défendre des idées, de gérer une collectivité ou d'administrer une petite commune. Car ils sont de moins en moins nombreux à vouloir briguer un mandat, aussi bien comme maire, conseiller général ou municipal... Je suis formelle sur ce point, car je le constate avec tristesse en Limousin. Le risque, c'est que les meilleurs fuient la politique et qu'on se retrouve avec des représentants de plus en plus médiocres. Il faut que les élus se sentent moins exposés à la vindicte. On a trop tendance à les tenir responsables de tout et de n'importe quoi. Il faut qu'ils soient davantage sécurisés par un statut de l'élu digne de notre démocratie avec, naturellement, des rémunérations adaptées au temps passé et au service rendu.

P.C. : *Cet été, une nouvelle affaire a éclaté à propos des voyages privés du Président et de son entourage, payés en argent liquide. Quelle est votre réaction à ce sujet ? Puisque c'est sans doute la première fois, dans ces affaires, que votre nom apparaît ?*

B.C. : Mon mari a dit le 14 Juillet ce qu'il fallait en dire. Si vous me demandez si cela m'a touchée, je vous répondrai : j'ai été profondément meurtrie et très blessée pour ma fille.

P.C. : *Si un des juges qui s'intéressent à ces voyages privés vous convoquait, que feriez-vous ?*

B.C. : J'irais.

P.C. : *Que diriez-vous à ce juge s'il demandait à vous entendre ?*

B.C. : La vérité. Qui a été bien malmenée dans cette affaire.

P.C. : *Qu'avez-vous conseillé à votre mari à propos de sa convocation comme témoin par le juge Halphen, qui d'ailleurs a été depuis jugée illégale ?*

B.C. : Je n'ai pas eu besoin de lui conseiller quoi que ce soit. Je partage entièrement les sentiments qu'il a exprimés.

P.C. : *Cette avalanche de dossiers ouverts par la justice est-elle susceptible de faire hésiter votre mari à se représenter ?*

B.C. : Non. Ce serait mal le connaître que de penser cela. Mon mari est un homme déterminé et courageux. Vous savez, être candidat à la Présidence de la République est une décision qui ne se motive qu'avec des sentiments profonds.

P.C. : *Comment réagissez-vous quand vous lisez à la une du* Monde *ce slogan lancé par une poi-*

gnée de manifestants, lors d'un déplacement à Caen : « Chirac en prison ! » ?

B.C. : Vous dire que cela ne me fait pas souffrir serait mentir. On ne peut rien contre des agitateurs, des provocateurs. Je n'ai pas lu l'article dont vous me parlez, j'étais en Corrèze à ce moment-là. Je ne crois pas que je l'aurais lu. C'est ma manière de me protéger contre ce genre de vilenies.

P.C. : *Et votre mari, comment prend-il la chose en privé ? On l'a dit très en colère, au moment de la convocation par le juge Halphen ?*

B.C. : Mieux que moi, à mon avis. Peut-être aussi qu'il me présente une façade, pour m'aider à rester sereine, pour calmer mon désarroi. Je suis vulnérable, très sensible au scandale. Alors, quand il y a une mauvaise nouvelle, il cherche à me protéger. Mais il m'a prévenue : « Il va falloir vous blinder, parce que dans les mois qui viennent nous allons être une cible. » Il semblerait que nos adversaires soient décidés à employer tous les moyens possibles et imaginables. Malheureusement, c'est très difficile pour moi de me « blinder ». Je n'ai pas été préparée à ces procédés.

8

« Les hommes ne sont pas au bout de leurs surprises »

P.C. : *La cohabitation, en renforçant le rôle du Premier ministre, n'a-t-elle pas contribué à la diminution de l'autorité du chef de l'État ?*

B.C. : Pas de l'autorité du chef de l'État mais du périmètre de sa fonction, probablement. Il est certain qu'on peut s'interroger sur un système qui conduit les acteurs principaux à se tenir en embuscade.

P.C. : *Vous continuez de regretter la dissolution ? Vous m'avez confié que vous n'y étiez pas favorable, ou tout au moins pas dans les conditions où elle s'est passée.*

B.C. : En politique, il faut savoir parfois prendre des risques pour agir. Mon mari avait le sentiment que l'Assemblée nationale était en décalage avec l'opinion publique. Il voulait renouer le dialogue, retrouver la confiance, notamment pour aborder les échéances européennes de 1998. Simplement, ce que je lui répétais et qu'il n'a pas voulu entendre, c'est qu'il aurait dû expliquer en substance aux Français : « Pendant deux ans, nous avons accompli un travail d'assainissement. Il faut maintenant passer à une nouvelle phase avec une nouvelle équipe. » Faute d'avoir fait passer ce message, les Français n'ont pas compris la dissolution. Je demeure persuadée que la victoire était possible. D'ailleurs, ces élections législatives, si l'on s'en souvient, ont été perdues de peu.

P.C. : *La cohabitation a été prévue par la Constitution, par le général de Gaulle. Mais c'est la première fois qu'une présidence connaît cinq années sur sept de cohabitation. Celle-ci n'est-elle pas en train de devenir quasiment un principe de gouvernement ?*

B.C. : C'est vrai que cette cohabitation est exceptionnellement longue, ce qui n'est pas sans conséquence sur l'efficacité de l'action politique, la capacité de faire des réformes. C'est d'ailleurs pour éviter à l'avenir ce type de situation que mon mari a fait voter le quinquennat. Cela étant, les Français ont beaucoup aimé la cohabitation même s'ils l'aiment un peu moins aujourd'hui, peut-être parce qu'elle porte le rêve d'une vie politique décrispée. Et c'est vrai, quand on y pense, qu'il est d'une stupidité rare de se regarder en chiens de faïence, de chaque côté d'une barrière infranchissable. Personnellement, j'appartiens à une famille politique, mais je suis convaincue que l'opposition a d'excellentes idées et je n'oublie pas qu'il y a aussi à gauche des gens de bon sens et respectables intellectuellement.

P.C. : *Quelle est par exemple la bonne idée de gauche que la droite n'a pas eue et à laquelle vous adhérez ?*

B.C. : La parité. Il y a longtemps que nous aurions dû la faire ! Je pense également que les emplois jeunes auraient pu être une bonne idée à condition de faire en sorte qu'il s'agisse d'emplois véritables au service de la collectivité. En tant qu'élue locale, j'ai vu des jeunes déçus, amers de s'être vu proposer des emplois créés pour la circonstance et qui ne débouchaient sur rien.

P.C. : *Il y a des ministres hommes ou femmes qui vous ont favorablement impressionnée dans le gouvernement de gauche ?*

B.C. : Qui m'ont été sympathiques, oui. Je suis amenée à avoir des relations avec certains d'entre eux dans le cadre de mes activités. Ainsi, par exemple, lorsque je visite une exposition, que je me rends à un vernissage ou à un concert, il m'arrive d'y rencontrer Catherine Tasca.

Je me suis rendue au ministère des Transports avec une délégation d'élus de la Corrèze pour voir M. Jean-Claude Gayssot au sujet du TGV et du

« barreau » qu'il faudrait réaliser pour relier Poitiers à Limoges.

P.C. : *Vous en rencontrez d'autres ?*

B.C. : Avec Bernard Kouchner, nous nous retrouvons souvent sur le « terrain ». Nous discutons d'un tas de choses. Je ne suis pas d'accord sur tout, par exemple sur sa position en ce qui concerne la libéralisation des drogues douces, mais nous partageons certaines préoccupations. Par exemple, ma fondation s'est associée à ses initiatives pour mieux lutter contre la douleur des enfants.

P.C. : *Et M. Chevènement ?*

B.C. : Comme la France entière, j'ai été très émue par ce drame qu'il a vécu, lorsqu'il a frôlé la mort, au Val-de-Grâce. Il a vraiment été sauvé *in extremis*.

P.C. : *Vous connaissez sa femme, je crois ?*

B.C. : Oui, elle est sculpteur. Je suis allée la voir dans son atelier. J'aime beaucoup ce qu'elle fait. J'ai même été tentée, pour tout vous dire, d'acheter une œuvre, puis je me suis dit que ce serait encore interprété...

P.C. : *Que pensez-vous de Laurent Fabius ?*

B.C. : Je le connais très peu.

P.C. : *Et Mme Sylviane Jospin, que pensez-vous d'elle, de sa personnalité ?*

B.C. : Je la trouve très belle femme, grande, mince, élégante. Elle a un très joli sourire. C'est une philosophe, une intellectuelle, mais qui sait parler agréablement des choses de tous les jours. Je pense qu'elle apporte beaucoup à son mari.

P.C. : *Comment interprétez-vous son absence aux dîners officiels ?*

B.C. : Vous croyez qu'il faut l'interpréter ?

P.C. : *Si vous étiez Premier ministre de la France et que vous ayez à constituer un gouvernement, quels sont les hommes et les femmes que vous choisiriez ?*

B.C. : Je risquerais fort de dégarnir les régions et les villes de personnalités remarquables, que j'ai vues en action lors des municipales, mais je préfère ne pas citer de noms.

P.C. : *Voyez-vous quelqu'un comme éventuel Premier ministre ?*

B.C. : L'originalité du moment, il me semble, c'est que ce n'est pas quelqu'un, mais plutôt quelques-uns, surtout si l'on se tournait vers un représentant de la société civile.

P.C. : *Votre mari y pense ?*

B.C. : Je ne crois pas, mais beaucoup de gens y pensent et me le disent.

P.C. : *Avec le recul, quelles sont les leçons que vous tirez de ces municipales qui vous ont permis de faire un état des lieux, sur la vie politique en général et sur le RPR en particulier ?*

B.C. : D'abord, les Français ne veulent plus être représentés par des parachutés, quand bien même ceux-ci jouiraient d'une grande notoriété. Il y a un rejet de tout ce qui pourrait ressembler à une recommandation de vote donnée par l'« appareil » des partis politiques. Les Français veulent des élus qui ne soient pas déconnectés des réalités, qui aient une juste idée de ce que sont les problèmes de fin de mois, de vie quotidienne dans les quartiers sensibles, des difficultés extrêmes rencontrées par tant de gens. Même s'ils avaient le sentiment d'appartenir à une famille politique, les candidats que j'ai rencontrés ont ce sentiment d'autonomie, de liberté par rapport aux partis. Ils savent qu'ils tiennent leur légitimité d'abord de leurs actions sur le terrain. Je pense à Mme Marie-Josée Roig en Avignon, à Mme Le Breton à Caen.

P.C. : *Vous parlez de Mme Marie-Josée Roig et de Mme Le Breton. Est-ce à dire que, en plus de la proximité, le renouveau en politique pourrait venir des femmes ? Parmi les mesures du gouvernement que vous avez approuvées, il y a la parité.*

Pensez-vous que cette parité va susciter une nouvelle manière de faire de la politique ? Je signale qu'un rapport remis cette année au Conseil économique et social dresse encore un bilan désastreux de la place de la femme dans les lieux de décision. Qu'en pensez-vous ?

B.C. : Nous sommes en pleine mutation. Les hommes ne se rendent pas compte, à mon avis, de ce que la parité va générer dans les années à venir. Ils vont se trouver dépossédés d'une quantité de postes sur lesquels ils avaient la mainmise exclusive. Les femmes vont jouer dans la société un rôle qui va changer complètement la donne. Et vous savez, elles ont eu du mal à conquérir cette place, on ne les en délogera pas facilement ! Je suis convaincue que dans de nombreux domaines elles vont prouver qu'elles sont supérieures aux hommes. Mais il ne faut pas croire que la parité dans les assemblées, les conseils municipaux, soit facile à obtenir, parce que beaucoup de femmes hésitent encore à s'engager en politique, pour toutes sortes de raisons. C'est ce que me disent les femmes en Limousin, quand je vais les trouver au moment des élections pour leur demander de se présenter. Conseiller d'une petite commune, ce n'est tout de même pas aussi prenant que d'être conseiller à Caen ou à Avignon. Pourtant, elles ne peuvent pas. Ce qu'il faudrait vraiment changer, ce sont les rythmes de la vie politique, qui se passe essentiellement le soir et le week-end. C'est le rapport au temps. Mais cela viendra.

P.C. : *En quoi les femmes vont-elles changer la façon de faire de la politique ?*

B.C. : Ce que je crois, c'est qu'elles seront mieux à même de mener cette politique de proximité dont nous parlions à l'instant. Les femmes sont plus proches des réalités quotidiennes, plus près donc des difficultés rencontrées par les citoyens. Elles aiment le terrain. Parce qu'elles vivent naturellement dans le concret, elles ont souvent un bon sens supérieur à celui des hommes et elles sauront l'appliquer à la gestion de leur municipalité. Et puis je crois aussi qu'elles sont très soucieuses du détail, très scrupuleuses, voire perfectionnistes. Croyez-moi, la parité va changer beaucoup de choses. Les hommes ne sont pas au bout de leurs surprises.

P.C. : *Si le Premier ministre gouverne, le président de la République a un « domaine réservé » qui est celui de la politique internationale. Tout d'abord, pensez-vous que la cohabitation a nui à l'image de la France à l'étranger ?*

B.C. : Non, je ne pense pas qu'elle lui ait nui. Ce qui est sûr, c'est que, poussés par le sens du devoir, nos dirigeants font en sorte de présenter un front uni.

P.C. : *Vous qui accompagnez souvent votre mari lors des voyages officiels, comment est per-*

que la France à l'étranger ? Que vous dit-on le plus souvent ?

B.C. : La France reste, quoi qu'on en dise, le pays des droits de l'homme et de la liberté. On voit en elle un pays accueillant. Et chacun y va de son histoire : tel membre de la famille y a suivi ses études, des amis y ont trouvé asile et hospitalité. C'est plutôt flatteur pour nous. En revanche, ce qui me fait mal, c'est ce que me disait l'autre jour Mme Wade, la femme du président du Sénégal : la France retire peu à peu tous ses coopérants d'Afrique, alors que ces pays ont cruellement besoin de jeunes médecins, d'ingénieurs, d'enseignants. Cela me paraît contraire à toutes nos traditions. Je crois que la grandeur de la France ne dépend ni de sa relative faiblesse démographique ni de ses limites géographiques. Pourquoi ne pas tout mettre en œuvre pour défendre la richesse et la singularité de sa culture ? Pourquoi devrions-nous en rougir alors que l'idée nationale se trouve exaltée partout ailleurs ? Nous n'avons pas seulement des sportifs champions du monde, mais aussi de grands artistes, des scientifiques qui sont à la pointe de la recherche dans beaucoup de domaines. Simplement, il faut savoir se battre. Encourager nos meilleurs éléments, leur donner les moyens de développer leur talent, au lieu de les laisser partir à l'étranger.

P.C. : *Considérez-vous que le président de la République a contribué à défendre la place de la France dans le monde ? Comment jugez-vous son action dans le domaine étranger ?*

B.C. : Il se donne beaucoup de mal. Je crois qu'il réussit assez bien. Il est écouté par les chefs d'État, il entretient avec eux des relations personnelles, souvent nouées de très longue date. Il est certain que ces relations personnelles pèsent d'un grand poids lorsqu'il s'agit de vendre des idées ou des produits français à l'étranger. Et puis, je vois avec plaisir que mon mari a hérité du prestige dont bénéficiait le général de Gaulle dans le monde arabe et en Afrique.

Je crois qu'il jouit dans ces pays d'une aura personnelle qui me fait parfois espérer qu'à travers lui la France pourrait jouer un rôle dans la résolution du conflit au Proche-Orient... Il connaît par cœur l'histoire de ces peuples. Cela lui donne une facilité d'accès. Mais je pourrais en dire autant à propos de l'Asie ou de l'Afrique. Car on retrouve la même connivence avec les chefs d'État africains. Il reçoit toujours un accueil formidable dans ces pays-là, y compris de la part des gens de la rue. Ils sentent que c'est un homme authentique, qui connaît et aime sincèrement leur continent.

P.C. : *Quelle est votre position sur l'Europe ?*

B.C. : Oh la la ! L'Europe est une évidence désormais et en même temps je suis un peu perplexe. Par exemple, je m'inquiète un peu du passage à l'euro.

P.C. : *Pourquoi ?*

B.C. : Comme beaucoup de Français, je redoute des dérapages : hausse des prix, opérations frauduleuses, même si je sais que tout sera fait pour les éviter. Certaines personnes âgées, qui raisonnent encore en anciens francs, seront complètement perdues.

P.C. : *Mais Jacques Chirac est un Européen convaincu ?*

B.C. : Oui. Absolument, beaucoup plus que moi. Il me rappelle sans cesse que la construction de l'Europe est le seul chemin viable économiquement et le meilleur moyen d'empêcher de nouvelles guerres. Voyez ce qui se passe en Macédoine et au Kosovo. D'après lui, la meilleure garantie pour que ces peuples trouvent la paix et la démocratie, c'est de les englober un jour au sein de l'Europe. En réalité, nos divergences de vue sont le reflet de nos différences de caractère. Mon mari est foncièrement optimiste, toujours tourné vers l'avenir, alors que je suis plus sceptique. Ce qui compte pour lui, c'est la réalisation de l'objectif final : une Europe forte capable de peser face au reste du monde et notamment face à l'Amérique ou à l'Asie. Il pense qu'on trouvera toujours des solutions aux problèmes. De mon côté, j'ai surtout tendance à voir l'ampleur des problèmes, des difficultés à résoudre. Et puis, il ne faut pas le dissimuler, j'ai un petit côté chauvin et cocardier.

P.C. : *Est-ce que vous êtes plus favorable à une Europe des nations ?*

B.C. : Sans doute. Parce que je ne suis pas contre l'Europe. Face à la puissance des États-Unis et à l'expansion de l'Asie, il est certain qu'il fallait trouver une structure permettant aux dirigeants européens de se réunir régulièrement autour d'une table, afin que chaque pays n'aborde pas les grands défis en ordre dispersé. Cela ne signifie pas que l'on renonce aux identités nationales.

P.C. : *L'Europe doit-elle agir avec ses membres comme la France a agi ou pourrait agir avec ses régions ? En considérant qu'il y a des particularismes à respecter ?*

B.C. : En tant que conseiller général, j'ai vécu avec grand intérêt la décentralisation. Je la trouve suffisante, même s'il y a toujours de la place pour des améliorations, parce qu'il faut que le plus possible de décisions soient prises au plus près des gens. Vous savez, à force de vouloir tout défaire, on court le risque de casser l'unité nationale. Nous avons un système bien huilé, qui reste peut-être trop centralisateur aux goûts de certains, mais qui n'a finalement pas mal fonctionné. Bref, je redoute l'autonomie des régions.

P.C. : *D'un côté, vous redoutez que la France ne se dilue dans l'Europe ; de l'autre, vous crai-*

gnez qu'elle n'éclate en morceaux sous l'effet d'une décentralisation trop poussée ?

B.C. : C'est simplement que je tiens beaucoup à l'idée de souveraineté.

P.C. : *Outre la fondation Hôpitaux de Paris-Hôpitaux de France, vous êtes présidente du Pont-Neuf, une association qui, je crois, a une vocation européenne ?*

B.C. : Le Pont-Neuf a été créé en 1989, tout de suite après la chute du mur de Berlin. L'idée de départ était en effet de rapprocher les jeunes Français de ceux des pays d'Europe de l'Est et du Centre : Pologne, Russie, Tchécoslovaquie, Hongrie, et même Allemagne de l'Est puisque la réunification n'était pas réalisée. Nous avons commencé par inviter des chorales à venir chanter à l'Hôtel de Ville devant un public très nombreux. Puis nous sommes passés à une autre opération : nous avons sélectionné, dans ces pays, les lycées où l'enseignement du français semblait de bonne qualité et nous avons mis en place des échanges avec des jeunes d'établissements parisiens. Au bout de quelque temps, j'ai donné aux activités du Pont-Neuf une orientation beaucoup plus sélective. En fait, j'ai complètement abandonné les échanges pour me « reconvertir » dans l'attribution de bourses médicales et de sciences politiques. Vous savez l'intérêt que je porte à ce domaine. Nos bénéficiaires sont de jeunes médecins, qui ont achevé leur cursus de médecine générale et qui sont déjà engagés dans une spécialité (cancérologie, chirurgie traumatologique, ORL, obstétrique...). Notre action est double : nous leur octroyons une bourse et nous leur cherchons un stage dans un hôpital. L'Assistance publique loge certains boursiers et nous avons, par ailleurs, développé un réseau de familles d'accueil françaises qui acceptent bénévolement de prendre à domicile un étudiant pendant un certain temps. Parmi ces boursiers, il y a une bonne proportion de Polonais.

P.C. : *Mais il s'agit uniquement de médecins ?*

B.C. : Nous aidons aussi des étudiants en sciences politiques, par le biais de la bourse Philippe Habert, mais toujours dans le cadre du Pont-Neuf. Cette bourse s'adresse à des étudiants tchèques, polonais, hongrois, russes, très motivés, qui excellent dans leur matière et parlent le français. Ils viennent faire six mois de perfectionnement en France, certains sont même en stage à l'ENA. Le dernier volet, ce sont les aides destinées aux étudiants des beaux-arts (peinture, sculpture, architecture...), en partenariat avec LVMH. Pendant un an, ils intègrent l'École des beaux-arts ou l'École du Louvre.

P.C. : *Vous avez une idée de ce que deviennent ensuite ces boursiers ? Est-ce qu'il y a un suivi, un bilan ?*

B.C. : Bien sûr. L'année dernière, nous avons organisé une très belle fête pour les dix ans du Pont-Neuf. J'avais choisi une trentaine de nos anciens boursiers, parmi les plus brillants, avec un quota pour chaque pays. Il y a eu une vraie rencontre. Ces jeunes, devenus un peu moins jeunes, ont livré des témoignages émouvants sur l'aide que leur a apportée notre association. Ils sont aujourd'hui médecins, chefs de service, hauts fonctionnaires. Les professeurs et les universitaires qui les ont reçus, ici, s'attachent à garder le contact avec eux. Cette réunion était pour moi à la fois la récompense et la justification du Pont-Neuf.

P.C. : *Vous pensez que ces étudiants sont repartis dans leur pays avec une « certaine idée de la France » ?*

B.C. : J'ai la faiblesse de le croire, en effet. A notre échelle, avec des moyens très modestes, nous sommes heureux et fiers de contribuer à l'émergence de ces jeunes nations démocratiques. Mais vous savez, on n'a pas trop de toutes les énergies, car la concurrence est rude. Malgré l'histoire, malgré les souffrances endurées par ces peuples pendant la guerre, l'Allemagne est très présente en Europe de l'Est, grâce à une politique systématique, très offensive sur le plan commercial. Si, de notre côté, nous voulons préserver notre patrimoine au moins culturel et intellectuel dans cette zone, il faut se donner du mal. Nous aurions bien tort, par exemple, de ne pas encourager la francophilie d'un pays comme la Pologne. Au final, je suis assez contente que mon association participe à l'effort général.

9

« Regardez, Bernadette, c'est John Wayne ! »

P.C. : *Nous sommes dans votre bureau, ici à l'Élysée, et je remarque que vous avez une belle pendule, dont nous venons d'entendre le carillon.*

B.C. : Ah oui, j'aime beaucoup entendre sonner les heures. C'est un son très mélodieux. C'est une présence aussi, une pendule. Et cela m'est indispensable pour surveiller l'heure.

P.C. : *Donc, vous aimez cette pendule ? D'où vous vient ce goût ? Qu'est-ce qui vous attire tant ? Le temps qui s'égrène ?*

B.C. : Je me souviens que cela avait aussi intrigué un de nos amis. « C'est curieux, m'avait-il dit, il doit y avoir quelque chose dans votre subconscient, l'anxiété du temps qui passe... » Allez savoir ! Oui, je suis un peu angoissée par le temps, le temps écoulé, le temps perdu, le temps qui me reste pour faire telle ou telle chose. Je suis facilement en retard pour les choses de la vie. Il me manque toujours du temps. Comme la tortue, je me hâte avec lenteur.

P.C. : *Il vous arrive souvent de sortir toute seule ?*

B.C. : C'est mieux ainsi, non ? Pour ma liberté de mouvement et aussi parce que je peux avoir une spontanéité dans mon contact avec les gens. Dès que je sors seule à pied, ce qui m'arrive souvent, ils ont envie de s'approcher, de bavarder un moment. C'est très enrichissant.

P.C. : *Où allez-vous, le plus souvent ?*

B.C. : A la poste. A pied. Lorsque nous étions à l'Hôtel de Ville, je prenais ma voiture pour me rendre à la poste du Louvre, qui est ouverte tout le temps ; et puis, comme tout le monde, je fais des courses, souvent pour Martin. De temps en temps, je vais au cinéma toute seule, sur les Champs-Élysées. Ou bien je donne rendez-vous à une amie et nous changeons de quartier...

P.C. : *Quel genre de films allez-vous voir ?*

B.C. : C'est très varié. Je lis assidûment les critiques. Et je me fie beaucoup au bouche-à-oreille. J'ai des amis qui sont des cinéphiles avertis.

P.C. : *Quels sont les films récents que vous avez vus ?*

B.C. : *Le Fabuleux Destin d'Amélie Poulain*, que j'ai bien aimé comme des millions de Français, et *La Pianiste*, avec Isabelle Huppert, qui est un beau film, difficile, superbement joué.

P.C. : *Le théâtre ?*

B.C. : Moins. Ce n'est pas que je n'aime pas, mais il est plus difficile de le prévoir. Le cinéma, je peux me décider à la dernière minute.

P.C. : *Les concerts ?*

B.C. : J'adore la musique et la danse. Vous savez peut-être que je préside le Festival international de danse. Lorsqu'une compagnie étrangère ou française se produit à Paris, sans parler du corps de ballet de l'Opéra, je fais bien sûr mon possible pour y aller.

P.C. : *Vous lisez beaucoup ?*

B.C. : Ma méthode de lecture est celle d'une tortue toujours à court de temps. Lorsque je me plonge dans une activité quelconque, il faut que je sois très concentrée, ou je me disperse rapidement. J'ai besoin de temps et de calme. J'ai en permanence une pile de livres à côté de mon lit mais je les lis rarement d'une seule traite. J'ouvre et je lis des passages. Ce qui ne m'empêche pas d'en emporter en voyage, pour lire d'autres passages, parfois en prenant des notes, dans le train, à l'hôtel. Un livre qui, par exemple, se prête bien à cette méthode de lecture « fragmentée », c'est *Une autre histoire de la littérature* de Jean d'Ormesson, dont j'avais déjà adoré *La Douane de mer*. Dans un autre genre, *Œdipe toi-même*, de Marcel Rufo, que j'ai la chance de connaître. Également, *La Jeune Fille à la perle* de Tracy Chevalier, *Je m'en vais* de Jean Échenoz, *La Petite Bijou* de Patrick Modiano et aussi les nouvelles d'Anna Gavalda, *Je voudrais que quelqu'un m'attende quelque part*. Il y a un livre que j'ai adoré, pas seulement parce qu'il ne tient pas de place dans un sac de voyage, c'est *Le Portrait d'un homme heureux* d'Erik Orsenna. Mais un de mes livres de chevet, c'est la bible des amateurs de jardins, *Les Jardins, paysagistes, jardiniers, poètes*, de Michel Baridon. On y trouve tout, jardins chinois, français, anglais, y compris des textes de grands auteurs. Je n'ai pas la prétention d'être une experte.

P.C. : *Vous lisez beaucoup en ce moment ?*

B.C. : Pas spécialement. Mais le jardin, c'est une véritable passion. Par exemple, ici, à l'Élysée, je m'en occupe personnellement, j'ai fait planter quantité de fleurs. Il y en avait moins à notre arrivée. C'était le parti pris d'un jardin vert, très beau mais un peu austère. Je dialogue avec les jardiniers et j'ai beaucoup travaillé avec Louis Benech, qui est bien plus qu'un paysagiste. On lui doit la transformation des Tuileries, ainsi que de nombreux livres. Sur ses conseils, nous avons constitué des massifs de rosiers qui avancent sur les pelouses. Car ici, les arbres sont disposés autour d'un espace en creux qui, sous Napoléon III, était un étang. La pièce d'eau a été ensuite rebouchée à cause des moustiques, sans être entièrement remblayée, ce qui donne à la pelouse un très joli mouvement et au jardin une forme qui n'a rien de géométrique. Louis Benech a planté beaucoup d'arbustes, des camélias et des glycines-tiges que j'adore. Déjà, à l'Hôtel de Ville, nous avions des camélias magnifiques. Les glycines, on sait que c'est capricieux, une année ça fleurit, l'année suivante non, il faut leur donner du sang de bœuf. Mais pour les camélias, ça dépend beaucoup de la terre et de l'exposition. Comme avant, on fait venir de l'orangerie de Versailles des caisses d'orangers qui bordent la terrasse et la cour d'honneur. Aux premiers risques de gelée, vers le mois d'octobre, ces orangers reprennent la direction de Versailles et on les remplace par de petits arbustes taillés. Mais ce que je préfère ici, c'est le jardin de printemps, lorsque sortent les toutes premières fleurs : narcisses, jonquilles, jacinthes, tulipes... C'est ravissant. Nous avons la chance d'avoir des jardiniers très compétents. Il y a quatre fleuristes qui s'occupent des fleurs. Ils font tout leur possible pour m'être agréable. J'ai un bonzaï auquel je tiens énormément, un hêtre d'environ un mètre cinquante, une splendeur. Vous savez que les bonzaïs feuillus sont plus rares et plus fragiles que les résineux. J'ai dit aux fleuristes que c'était mon porte-bonheur, qu'il lui fallait beaucoup de lumière mais pas de soleil. Ils lui ont choisi un emplacement où il est à l'abri, devant une grande fenêtre. Là, il reçoit toute la lumière dont il a besoin. Les fleuristes s'en occupent très bien, ils sont formidables. Lorsqu'il y a des dîners d'État, ils réalisent de superbes bouquets, copies de bouquets hollandais du XVIIe siècle, mélanges de pivoines, de roses, ou bien ils s'inspirent de la couleur du drapeau du pays invité. Leur travail est très admiré.

P.C. : *J'ai été surtout frappé par les orchidées. Ce sont vos fleurs préférées ?*

B.C. : C'est vrai, j'aime beaucoup les orchidées, surtout les blanches, les phalaenopsis, et également les sabots-de-Vénus. Comme les gens le savent, j'en reçois, si bien que j'ai fait réaliser dans le fond du parc, près des pavillons des gardes républicains, une petite serre ronde et vitrée. Les orchidées en fin de floraison y sont replantées. Les jardiniers ont tout ce qu'il faut pour humidifier l'intérieur et maintenir une chaleur constante.

P.C. : *Vous êtes-vous autant investie dans les cuisines que dans le jardin ?*

B.C. : Je vais très régulièrement à la cuisine que dirige M. Normand, le chef. Je vais souvent discuter avec lui de la vie de tous les jours, des goûts culinaires de mon mari... Je fais en sorte qu'on ne lui serve pas des plats trop lourds. Parce que mon mari adore les escargots, la soupe à l'oignon, les plats en sauce, le civet de lièvre ou le bœuf mode. La tête de veau aussi, mais sur place, en Corrèze, où la viande est délicieuse et la cuisson parfaite. Comme on connaît ses goûts, chaque fois qu'il va en province, les gens espèrent lui faire plaisir en lui servant une tête de veau sauce gribiche ! Il aime beaucoup les champignons, les cèpes cuisinés à l'ail, le jarret de veau aux carottes, que ma belle-mère réussissait à merveille. Il adore le chocolat. Il apprécie aussi beaucoup la cuisine asiatique. De temps en temps, nous allons dans un restaurant japonais, tous les deux ou bien avec Claude et Martin, toujours à l'improviste. A l'Élysée, il faut que le repas soit pour lui un vrai moment de détente, de plaisir, dans une vie aussi prenante.

P.C. : *Pour les dîners officiels, c'est vous qui décidez des menus ?*

B.C. : Pas toujours. Disons qu'on me propose plusieurs menus quelques jours à l'avance. Mais pour nos repas familiaux, dans la semaine, on considère qu'on n'a pas à nous soumettre de propositions de menus.

P.C. : *Veillez-vous scrupuleusement au respect du protocole ? Est-ce que cela fait partie de vos attributions ?*

B.C. : C'est évidemment la responsabilité du chef du Protocole qui a son bureau au Quai d'Orsay. Mais enfin, je veille de mon côté à ce que tout se passe au mieux. J'ai introduit des innovations. Par exemple, pour les dîners d'État, je fais partir les invités principaux, les chefs d'État et leur entourage immédiat, côté parc. Ils prennent le café dans le salon et les huissiers ouvrent les portes-fenêtres au moment voulu. Les invités n'ont plus qu'à descendre les quelques marches avec nous pour accéder à leur voiture. J'ai également demandé d'avoir à demeure une personne chargée du protocole, car le Président a des audiences à longueur de journée.

P.C. : *Quelles autres modifications avez-vous apportées dans la vie quotidienne de l'Élysée ? Quels travaux avez-vous entrepris ?*

B.C. : En premier lieu, je me suis beaucoup préoccupée des conditions de travail et de vie des personnes qui sont au service du palais de l'Élysée, et notamment des gardes républicains. Ceux qui résident ici étaient logés dans des conditions précaires. J'ai mis en route des travaux d'aménagement, avec l'accord de l'architecte des Bâtiments de France chargé du palais. Et je m'intéresse de près aux opérations pour qu'elles ne prennent pas de retard. Je trouve que cela fait partie de mon rôle. Et puis il y a les travaux de restauration et d'embellissement du palais proprement dit, qui dépendent des tranches de budget allouées chaque année. L'éclairage des lustres de la salle des fêtes et du jardin d'hiver a été refait à mon initiative. Il y avait de beaux lustres en baccarat, mais équipés d'ampoules de bureau qui donnaient une lumière très crue. Cela ne mettait pas en valeur l'élégance de ces salles. Le Mobilier national a donc petit à petit nettoyé ces lustres et installé un éclairage intérieur très adapté, avec un variateur. On a aussi refait une partie de la toiture, veillé à l'entretien des conduits de cheminées. Mais il y a encore beaucoup à faire. Côté jardin, la pierre de la façade est malade. Vous savez, je ne décide pas des travaux, je n'en suis que l'accompagnateur. Et l'architecte des Bâtiments de France se heurte constamment à des obstacles administratifs...

P.C. : *Vous vous intéressez beaucoup à la protection du patrimoine ?*

B.C. : Oui, je m'intéresse beaucoup à sa conservation et à sa mise en valeur. Pas seulement le grand patrimoine historique classé. J'aime aussi le « petit » patrimoine de village et c'est pourquoi j'étais très attachée au projet de la Fondation du patrimoine. Il s'agit de la restauration d'un four à pain, d'une fontaine ou d'un vieux moulin. Tous ces travaux coûtent très cher, mais je considère que ces constructions font partie de la richesse de la France, de sa culture. D'ailleurs, les Français s'y intéressent de plus en plus. Je le constate dans les réunions auxquelles je participe. Il y a vingt ans, la défense de ce patrimoine rural n'était pas à la mode. Les toitures, par exemple : avant, par souci d'économie, on rafistolait volontiers un toit avec de la tôle ondulée. Aujourd'hui, les jeunes font un effort, ils préfèrent utiliser de l'ardoise parce qu'ils comprennent qu'un paysage se protège, que le développement du tourisme est en jeu.

P.C. : *Les jardins, le patrimoine, voilà deux centres d'intérêt qui nécessitent beaucoup de soin et d'activités. Lorsque vous souhaitez vraiment vous détendre, vous régénérer, vers quoi vous tournez-vous plus volontiers ?*

B.C. : La musique, incontestablement. Depuis mon enfance, elle a beaucoup compté pour moi. C'est un besoin. Vous savez qu'à la Mairie de Paris j'ai organisé des concerts pendant presque vingt ans. J'avais créé une association pour la promotion des arts. Il s'agissait de promouvoir de jeunes artistes, musiciens, mais aussi peintres ou sculpteurs. Nous avons organisé de nombreux concerts, pour offrir un tremplin à des lauréats de concours internationaux, à des premiers prix du Conservatoire, dont certains ont acquis de la notoriété par la suite. Et de temps en temps, nous donnions un concert de prestige, avec un très grand, comme Slava Rostropovitch ou Yehudi Menuhin.

P.C. : *Vous ne pouvez plus organiser de concerts à l'Élysée ?*

B.C. : Il y a l'orchestre de la garde républicaine qui vient à l'occasion des dîners d'État. Il s'installe dans le jardin d'hiver. Mais comme tous les mélomanes, j'aime la musique pour elle-même. Alors cela me gêne que ces musiciens de la garde jouent leurs partitions au milieu du brouhaha des conversations et des couverts. Si j'écoute de la musique, je m'y plonge entièrement. C'est un facteur extraordinaire de détente, cela me remonte le moral quand j'en ai besoin. J'ai la chance de fréquenter un peu ce monde de la musique, et de passer des moments privilégiés en compagnie de cantatrices, de grands solistes ou de chefs d'orchestre, à l'occasion d'un dîner ou le temps d'un week-end. J'adorais Yehudi Menuhin et Isaac Stern. Ou bien des gens comme Étienne Vatelot, le grand luthier, qui est aussi un conteur merveilleux. Il peut raconter des heures durant des histoires drôles sur les musiciens, sur leur vie et leurs anecdotes. J'aimais aussi beaucoup Jean-Pierre Rampal, qui nous a malheureusement quittés cette année. J'admire beaucoup Jessye Norman, Anne Sophie Mutter, Seiji Ozawa et Daniel Barenboïm. Et puis il y a Slava Rostropovitch, bien sûr. L'homme le plus chaleureux, le plus gai et le plus fascinant que je connaisse. Je me souviens, il y a une dizaine d'années, il a réuni tous ses amis parisiens pour inaugurer son appartement avenue Georges-Mandel. J'étais assise à côté de lui et, à la fin du dîner, il a porté plusieurs toasts. Il a rendu un vibrant hommage à mon mari qui était absent. Comme Slava se levait pour porter un toast à mon mari, je me suis levée à mon tour, en robe du soir, et il s'est jeté sur moi pour m'embrasser à la russe, sur la bouche ! J'étais très embarrassée mais tout le monde a ri.

P.C. : *Avez-vous aussi l'occasion de fréquenter des acteurs, des chanteurs ?*

B.C. : Oui, bien sûr, j'apprécie beaucoup les grands acteurs. Ils ont toujours quantité de choses à raconter sur leur expérience, sur cette vie qui est très différente de ce que l'on imagine parfois. Ils passent un temps fou à travailler leur texte, à s'en imprégner. Ils ont une autre façon de voir la vie. Et puis, comme en musique, il y a les « monstres sacrés », Gérard Depardieu par exemple, avec sa faconde et ses éclats de rire irrésistibles !

P.C. : *Vous le voyez ?*

B.C. : Pas ces derniers temps, mais à une époque il avait un petit bureau près de l'Élysée, alors il me faisait signe, je traversais la rue.

P.C. : *Si vous en aviez le temps et l'occasion, quelles sont les personnes que vous aimeriez revoir, ou celles que vous ne connaissez pas et que vous aimeriez rencontrer ?*

B.C. : J'aimerais bien revoir Hillary Clinton depuis qu'elle est sénateur de New York. Voir un peu comment elle a organisé son bureau, en quoi consiste son travail. Cela m'intéresserait énormément. J'aimerais également mieux connaître certains intellectuels.

P.C. : *Avec quel intellectuel aimeriez-vous converser ?*

B.C. : D'abord, Alain Finkielkraut dont je trouve les analyses très originales, très éclairantes ; et bien sûr Jean-François Revel, Jean Daniel, Jacques Julliard, Claude Imbert dont j'apprécie tous les articles. Et puis certains grands historiens qui sont aussi des intellectuels comme Pierre Nora et Jean Tulard. Et aussi Pierre-Gilles de Gennes et Georges Charpak.

P.C. : *Une petite soirée entre amis, comment et avec qui la concevez-vous ? Un anniversaire, par exemple ?*

B.C. : L'anniversaire de mon mari, en général, se passe ici à l'Élysée. Ce serait plus drôle à l'extérieur, d'ailleurs nous l'avons fêté une fois au restaurant, mais c'est assez difficile pour nous. Une année, Slava Rostropovitch a organisé chez lui un dîner pour l'anniversaire de mon mari, c'était très sympathique. Mais le plus souvent, ça a lieu ici, nous faisons une petite fête avec des amis. Nous avons d'excellents amis, plutôt des artistes, que nous convions avec Claude, en comité restreint, sinon mon mari ne profite pas de tout le monde. C'est plus convivial d'avoir une table d'une quinzaine de personnes que d'organiser une grande réception. Parmi les habitués, il y a Line Renaud, Muriel Robin, Patrick Sébastien... et puis aussi Vincent Lindon et Sandrine Kiberlain... La dernière fois, j'ai invité Sylvie Joly et son mari. Vous savez que nous avons été camarades de classe ? Elle me raccompagnait à pied jusqu'à la maison, rue de l'Abbé-Grégoire. La preuve que les contraires s'attirent : autant j'étais réservée, autant elle était chahuteuse et intarissable. En rentrant, Maman nous trouvait assises à bavarder dans l'escalier, elle était furieuse que je fréquente cette fille à qui elle trouvait mauvais genre ! Nous nous sommes perdues de vue pendant des années, mais aujourd'hui j'essaie de ne pas rater un seul de ses spectacles. Muriel Robin me fait aussi beaucoup rire : elle a beaucoup d'intelligence, d'humour et de sensibilité. Quand vous avez quelqu'un comme elle à table, vous ne vous ennuyez pas une minute ! Je l'ai connue par l'intermédiaire de Line Renaud et nous la voyons assez régulièrement. David Douillet était là aussi, avec Valérie. Des soirées comme celles-là sont de précieux moments d'amitié pour nous. Elles distraient mon mari, lui permettent d'échapper un moment à ses lourdes responsabilités.

P.C. : *Cette année, que lui avez-vous offert ?*

B.C. : J'ai trouvé chez un libraire un livre ancien sur la Chine qui faisait partie de la bibliothèque de Samuel Bernard, financier de Louis XIV. Dans ce livre, on trouve ses armoiries, sa biographie et de ravissantes gravures sur la Chine. Vous savez que la Chine est un des sujets de prédilection de mon mari.

P.C. : *Et votre anniversaire ?*

B.C. : Je vais vous raconter le plus mémorable, au moins pour ce septennat. Nous revenions d'un voyage officiel en Chine, précisément, et nous survolions la Russie. J'avais la migraine et j'étais allongée sur une banquette. Tout d'un coup, mon mari vient me secouer : « Réveillez-vous, on descend, Eltsine vous attend pour votre anniversaire ! » Effectivement, c'était un 18 mai, jour de mon anniversaire. Eltsine savait que nous rentrions de Chine et il a demandé à mon mari s'il acceptait de faire un arrêt à Moscou. Nous nous sommes posés, on nous a conduits en voiture jusqu'à une datcha perdue au milieu des bouleaux. Il faisait un temps magnifique, le soleil couchant éclaboussait le paysage. Quand nous sommes arrivés, les Eltsine nous attendaient sur le perron, elle avec un gros bouquet de fleurs dans les bras. C'était vraiment très gentil de leur part. Malgré la fatigue, j'ai pris le thé avec Mme Eltsine pendant que nos deux maris allaient au sauna. Ils ont fait un plongeon dans la piscine presque glacée, puis ils se sont rhabillés et nous ont rejointes pour le dîner. Un dîner à la russe, ponctué par des montagnes de toasts. Jamais personne ne m'a fait ni ne me fera autant de compliments que Boris Eltsine ! « A votre beauté, à votre intelligence, à votre distinction, à votre grandeur d'âme... » Eltsine, c'est un monument. Très chaleureux. Et puisque je vois bien que vous brûlez de me poser la question, sachez qu'il ne m'a pas embrassée à la russe...

P.C. : *Tout le monde ne peut pas vous inviter dans une datcha russe. Quels sont les cadeaux personnels qui vous touchent, de la part de familiers ?*

B.C. : J'aime les livres. Avec une attirance particulière pour les livres anciens et les belles reliures.

P.C. : *Vous dites que votre mari aime peu sortir le soir. Comment se délasse-t-il à l'Élysée ? Partage-t-il votre passion pour les livres ? Quels sont ses jardins secrets ?*

B.C. : Il lit beaucoup, en effet. Il regarde la télévision. Il adore les westerns et les films de cape et d'épée ! Il ne s'en lasse pas. Il est capable de se les repasser en boucle. Nous avons dû voir vingt fois *Les Sept Samouraïs*. Quand il m'annonce : « Écoutez, ce soir, il y a un très beau film avec John Wayne... », je comprends tout de suite. Encore un western qu'on a déjà dû regarder quarante fois. Vous ne pouvez pas imaginer ! On s'installe devant le téléviseur. Il me jette des petits coups d'œil en coulisse pour voir si je suis : « Regardez, Bernadette, c'est John Wayne ! — Oui, Jacques, c'est John Wayne... » Il se passionne aussi pour le sport. Quand je le vois suivre des matchs de tennis ! « Enfin, Jacques, vous n'avez jamais tenu une raquette de votre vie ! » Ça ne lui fait pas plaisir. « Mais, Bichette, regardez cette joueuse magnifique. » Oh, que ça m'agace ! Un vrai sportif en fauteuil. Mais il s'y connaît, hein ! Les noms de tous les joueurs, leurs points forts... Même chose avec le football, le rugby et le judo. Et je ne vous parle pas du sumo, naturellement ! Il fait enregistrer toutes les compétitions, puis il descend ses cassettes à la bibliothèque et on se passe des combats de sumo.

P.C. : *D'où lui vient cette passion pour le sumo ?*

B.C. : Il s'est toujours intéressé à l'Asie. Devenu maire de Paris, il a commencé à se rendre assez régulièrement au Japon, au moins une fois par an. L'empereur Hiro-Hito et les autorités culturelles japonaises l'ont choisi comme membre du jury du « prix impérial », qui se veut une sorte d'équivalent du prix Nobel pour les arts plastiques, la peinture, la sculpture, la musique, la danse... Le sumo, le judo, il aime vraiment, il connaît le palmarès des lutteurs sur le bout des doigts. De même qu'il peut vous réciter à l'endroit et à l'envers les dynasties japonaises, chinoises ou coréennes, ou les quatorze générations d'artistes fabricants de raku.

P.C. : *Le raku ? Qu'est-ce que c'est ?*

B.C. : Monsieur de Carolis, vous ne connaissez pas les raku ? Ce sont des bols à thé en céramique dont les premiers ont été faits à Kyoto en 1580. Alors mon mari a des cassettes vidéo sur les raku. Quand il a un peu de temps, il m'inflige ses cassettes de raku. Croyez-moi, l'historique des raku, c'est assommant ! Moi, à l'heure du dîner, j'ai envie de me détendre un peu. Je suis en train de manger et il me dit : « Je vais vous le repasser parce que vous avez manqué le moment le plus intéressant. » J'ai intérêt à suivre. Vous savez qu'il est aussi très calé sur les collections du musée Guimet. L'Asie des steppes, la route de la soie, l'Inde, la Chine évidemment... Il s'est personnellement impliqué, en tant que chef de l'État, dans la rénovation de ce haut lieu. Si vous ne connaissez pas, il faut y aller ! C'est moderne, très dépouillé, sans accumulation inutile, avec de belles perspectives de salle en salle. Il peut passer des heures entières à parler de ces civilisations asiatiques. Il était un peu fâché parce que, en découvrant les souvenirs tibétains qui sont dans le musée, je lui ai dit : « Tout de même, cela ne vaut pas Khéops, Khéphren et Mykérinos. »

P.C. : *On connaît sa culture et sa passion pour l'Asie, l'histoire des civilisations en général. Est-ce qu'il y a un autre domaine qui fasse partie de son univers secret ?*

B.C. : Son jardin secret le plus cher, vous le savez bien, c'est ce que l'on appelle les « arts premiers ». Il s'est beaucoup investi dans le projet de pavillon des Sessions qui a ouvert ses portes au Louvre, où est présentée une centaine de chefs-d'œuvre de ces civilisations premières. C'est un projet qu'il a mené à bien avec Jacques Kerchache, un grand ami, un immense savant, un passionné absolu qui est mort malheureusement l'été dernier. Ce que je peux vous dire, c'est que, sur toutes ces questions, les gens seraient bluffés par l'étendue de son savoir. Il a besoin de s'échapper dans un univers qui n'a plus rien à voir avec ses fonctions quotidiennes. Et puis, c'est son côté « enseignant ». N'oubliez pas que ses grands-parents, des deux côtés, étaient instituteurs. Tous les quatre ! Le grand-père Chirac, son portrait craché d'après les photos que j'ai pu voir, était directeur d'école à Brive. Mon mari n'a pratiquement gardé aucun souvenir de lui car il avait quatre ans au moment de sa mort. Ma belle-mère m'a toujours dit qu'il en avait une peur épouvantable. Lui pourtant si chahuteur, si turbulent, il filait se cacher sous une table quand son grand-père entrait dans la pièce. Mais, si mon mari n'a finalement pas connu ses grands-parents, je crois beaucoup à l'hérédité, sur le plan du caractère. En le regardant évoluer au jour le jour, dans sa manière de travailler, d'exposer un dossier, je reconnais le didactisme de l'instituteur. Il aurait fait un enseignant formidable ! Il a une faculté de synthèse exceptionnelle, il est capable d'assimiler à une vitesse incroyable un rapport épais comme un annuaire. Lorsqu'un interlocuteur lui expose un problème complexe, qui lui est *a priori* totalement étranger, il est capable de le restituer avec clarté. Combien de fois, par exemple, de grands médecins m'ont dit : « C'est extraordinaire, à l'entendre parler de nos spécialités, on dirait qu'il a toujours vécu dans ce bain. » Et puis, en bon enseignant, il a l'art de convaincre son auditoire, il y met une grande force de conviction.

P.C. : *On dit souvent que le cœur d'un maire bat au rythme de sa ville. Après dix-huit ans passés à l'Hôtel de Ville, comment Jacques Chirac s'est-il acclimaté à l'Élysée ? A-t-il fermé la porte de sa mémoire, ou bien a-t-il gardé de fortes attaches, des regrets ?*

B.C. : En tant que Président, il devenait le représentant de tous les Français. Il y a eu une volonté de sa part de se dégager de son passé pour ne pas gêner le nouveau maire. Cela vaut aussi pour la Corrèze, dont il avait été le député inamovible depuis 1967, et dont il a dû se détourner à un moment, au grand regret des Corréziens. Un des signes de cette coupure, c'est qu'il a emmené très peu de monde avec lui de la Ville de Paris. Ce qui ne signifie pas pour autant qu'il ait tiré un trait sur cette partie exceptionnelle de sa vie, qu'il ait oublié cette Ville de Paris où il a été fantastiquement heureux. Son cœur y est toujours, comme le mien d'ailleurs. J'allais un jour par semaine, en moyenne, visiter les établissements du bureau d'aide sociale et, ces dernières années, j'ai souvent ressenti l'envie d'y retourner. Donc il y a une certaine nostalgie.

P.C. : *Au point de dire que vous avez été plus heureuse à l'Hôtel de Ville qu'à l'Élysée ?*

B.C. : Non, je ne dirais pas cela, parce que j'ai été très fière que mon mari soit élu président de la

République. Je suis très heureuse d'avoir pu m'investir dans la vie de cette maison. Mais, que voulez-vous, l'Hôtel de Ville, j'y ai passé dix-huit ans de ma vie, j'y ai laissé beaucoup de souvenirs. Si vous saviez, par exemple, comme j'ai pu me promener, le soir, dans la salle des fêtes ou à travers ces grands salons du premier étage ! La nuit, les vieilles maisons vous parlent, elles sont pleines d'odeurs et de sensations, de bruits familiers.

P.C. : *Et à l'Élysée, vous vous promenez aussi la nuit ?*

B.C. : Je ne vais pas vous dire que je fais cela toutes les nuits, mais ça m'arrive...

P.C. : *Vous allez dans un endroit en particulier ? Qu'est-ce qui vous séduit tant, à cette heure-là ? Le silence ?*

B.C. : Vous savez, des maisons comme celles-ci sont chargées d'histoire. Regardez, ici, vous avez le N de Napoléon III. C'était son dressing, paraît-il. Il a fait aménager un alvéole dans le plafond pour placer cette toile de Boucher qu'il aimait. Et, derrière, il y avait un petit escalier en colimaçon qui lui permettait de gagner rapidement l'appartement au-dessus. J'aime bien aussi aller dans le bureau de mon mari. Pensez qu'Eugénie et Napoléon III dormaient dans cette pièce ! La décoration des murs est très romantique, ce qui est assez curieux pour un bureau d'homme : des guirlandes de fleurs, sur un fond doré, mais d'un or très patiné. Sur la frise, on reconnaît les monogrammes du couple impérial. Dans la pièce voisine, il y a la salle de bains d'Eugénie, qui est tout à fait extraordinaire... A l'Hôtel de Ville, c'est un sentiment très fort aussi, car vous savez que vous êtes au cœur historique de Paris. Lorsque je regardais par les fenêtres côté Seine, l'émotion était différente la nuit du jour, ne serait-ce que parce que la circulation se fait plus rare. La Seine coulait au pied du bâtiment, comme un immense ruban de satin noir, elle s'élargissait soudain, vers la pointe de l'île Saint-Louis. Au printemps, c'était ravissant, on apercevait sur la gauche les premières feuilles d'un saule qui se penchait sur l'eau. Des péniches passaient en silence, les tours de Notre-Dame se découpaient sur le ciel. Ici, c'est différent, mais aussi riche. J'ai quelques souvenirs personnels forts qui m'attachent à l'Élysée. Je revois par exemple le général de Gaulle dans la salle des fêtes.

P.C. : *Vous vous promenez dans le noir ou vous allumez ?*

B.C. : En général dans le noir.

P.C. : *Vous attendez que tout le monde soit couché et vous vous relevez ?*

B.C. : Non, c'est avant de me coucher. Mais, encore une fois, je ne joue pas les fantômes de l'Opéra toutes les semaines ! Supposez que j'aie envie d'un livre dont mon mari m'a parlé dans la journée. Il en reçoit beaucoup, mais comme il a peur que je les stocke, il ne me les donne pas. Quand j'ai envie d'un livre, je vais la nuit le récupérer. Et puis, quand la maison est endormie, on voit mieux ce qui doit être amélioré.

P.C. : *C'est-à-dire ?*

B.C. : Une maîtresse de maison doit être attentive à beaucoup de détails, vous savez ! Par exemple, dans la salle de bains d'Eugénie, il y a un assez joli tapis, bien adapté au décor de la pièce. A notre arrivée, ce tapis était abîmé, je l'ai fait restaurer. Le Mobilier national me l'a rendu six mois plus tard. Eh bien, l'autre matin, je rencontre la personne qui s'occupe de l'entretien de cette partie du palais : « Madame, nous n'avons pas l'aspirateur qui convient. Le tapis que vous avez fait réparer recommence à se déchirer. » Parce que, de temps en temps, très tôt le matin, je circule dans le palais pour parler avec les équipes de ménage. C'est à la fois instructif et nécessaire. Le personnel a besoin de savoir que la maîtresse de maison prend leur travail à cœur. Je circule beaucoup dans la maison, y compris jusque dans les sous-sols. Le soir, je peux m'apercevoir d'un détail qui a besoin d'être corrigé et je profite un peu de ce moment privilégié. J'ai l'impression que la nuit m'appartient.

P.C. : *Vous n'êtes jamais tombée nez à nez avec un garde ?*

B.C. : Si, souvent. Je suis assez connue pour faire éteindre les lumières restées allumées dans les salons et dans les bureaux !

P.C. : *Économe, en plus.*

B.C. : N'importe quel Français peut le comprendre, écoutez ! On ne laisse pas le palais illuminé comme un sapin de Noël, ça coûte une fortune. Le soir, les gardes veillent. Au début, j'ai été contrariée de voir qu'ils passaient la nuit sur des chaises au dossier très raide. Je suis allée au BHV, j'ai acheté des fauteuils « relax », que l'on peut mettre en position allongée. En bois, avec du cuir noir, pour homme. Les gardes en sont très contents.

P.C. : *Je reviens sur vos promenades nocturnes. Ce sont des instants de quiétude, de réflexion, peut-être aussi des instants empreints de spiritualité ?*

B.C. : Comme tout le monde, j'ai besoin de moments de calme absolu. Parfois même, en rentrant d'une soirée, je ne suis pas très raisonnable et, au lieu de me coucher au plus vite, je prends tout mon temps. Après le brouhaha d'une réception, où l'on a croisé une multitude de visages, c'est tellement agréable de se retrouver seule, de s'offrir un sas de transition avant le sommeil. Je réfléchis à mon emploi du temps du lendemain, je griffonne quelques pense-bêtes ou bien je lis une petite heure. Et parfois aussi, je me promène à travers l'Élysée. La nuit est pour moi une sorte d'édredon. Ce que j'aime par-dessus tout, je crois, c'est la vue depuis le bureau de mon mari. Car on a l'impression d'avoir le jardin à portée de main. Et le soir, c'est absolument magique parce qu'il y a la circulation des Champs-Élysées qui scintille au fond du parc, derrière la grille du Coq, et plus loin la flèche illuminée de la tour Eiffel.

10

« Enlevez-moi cette écharpe, ça porte malheur ! »

P.C. : *Êtes-vous croyante ?*

B.C. : Oui, je suis catholique.

P.C. : *Comment vous est venue cette foi ?*

B.C. : Tout naturellement de l'éducation religieuse que j'ai reçue dans ma famille. Toute ma scolarité s'est déroulée dans l'enseignement libre. Mes grands-parents paternels passaient un mois par an à Lourdes comme brancardiers et allaient les matins à la messe de sept heures à Sainte-Clotilde. Je crois que cela suffit à résumer le climat familial dans lequel j'ai baigné dès ma naissance. J'ai parfois du mal à parler de ma foi, parce que je suis un peu comme ce poisson qui n'est pas conscient de l'eau qui l'entoure. J'admire ces personnes qui se font baptiser à l'âge adulte et qui parlent de leur croyance de manière très inspirée. Alors s'agit-il de la foi du charbonnier ? Je ne sais pas. La foi est question d'adhésion personnelle et, dans une certaine mesure, toujours un peu mystérieuse. Aussi mystérieuse que l'amour. On en revient toujours au « Dieu sensible au cœur et non à la raison » de Pascal.

P.C. : *Auriez-vous pu choisir une autre religion ?*

B.C. : Je suis bien consciente que, si j'étais née à Jérusalem, de parents juifs, ou à La Mecque, de parents musulmans, j'aurais peut-être eu une foi et une pratique différentes. C'est une chose que certains athées se plaisent à souligner : les hasards de la naissance et de l'environnement familial dans notre engagement religieux. De fait, je suis trop imprégnée par mon éducation pour seulement imaginer que j'aurais pu choisir une autre religion. Mais vous savez, toutes les grandes religions ont un tronc commun, qui est l'amour de Dieu et le don aux autres. Je n'en considère pas moins que j'ai eu la chance de naître dans une famille chrétienne. Il y a ceux qui se révoltent contre les principes que l'on a essayé de leur inculquer mais, en ce qui me concerne, je trouve qu'avoir reçu une éducation religieuse est un atout pour la vie.

P.C. : *En quoi est-ce un atout ?*

B.C. : Parce qu'on a besoin d'une force intérieure qui vous élève, qui vous permette de faire face ou d'accepter les divers événements de la vie.

P.C. : *Et cette force s'appelle nécessairement la « foi », elle ne pourrait pas porter un autre nom ?*

B.C. : Il existe des saints laïques. Moi, je suis pratiquante, je prie beaucoup. Dans mon sac, j'emporte toujours un chapelet, un des chapelets que le Saint-Père m'a donnés. J'en ai d'ailleurs de Paul VI aussi.

P.C. : *Vous vous rendez compte, si Canal + apprenait que dans le fameux sac à main il y a un chapelet !*

B.C. : Pourquoi le cacher ? Mais, sérieusement, j'aime avoir avec moi un symbole de cette foi qui m'a tant aidée. Pas seulement dans les épreuves les plus pénibles. Également dans ma vie de tous les jours, dans mes obligations de femme de chef d'État. La foi m'incite, je l'espère, à une certaine tolérance, à une certaine modération dans le jugement comme dans les propos. Une manière d'aborder autrui avec amour et générosité. Pour résumer, je cherche à donner en permanence une cohérence entre mes convictions et mes actes. J'essaie de montrer la même disponibilité, la même écoute à tous. Disons simplement que mon comportement dans la vie est sous-tendu par le respect d'une exigence supérieure.

P.C. : *Est-ce facile d'être chrétien aujourd'hui ? Pour prendre une expression à la mode, est-ce que c'est « bien porté » ? Dans un livre récent, René Rémond relève que le christianisme, malgré ses contributions essentielles à l'humanisme, à la civilisation, à la démocratisation, est en butte à un dénigrement quasi général. N'a-t-on pas trop tendance à montrer du doigt les chrétiens ?*

B.C. : Ce que les gens peuvent penser de ma foi chrétienne m'indiffère totalement. Je ne changerais pour rien au monde. Je n'en fais pas non plus étalage, parce que nous sommes dans un État laïque et républicain et que, dans ma position, je suis tenue à une certaine discrétion. Que le christianisme soit dénigré, c'est malheureusement évident. On se permet de dire sur les catholiques, les prêtres et même le pape ce qu'on ne dirait jamais sur les fidèles et les dignitaires des autres religions. C'est d'autant plus choquant qu'il y a longtemps que le christianisme n'est plus hégémonique comme il a pu l'être autrefois. Il y a une désaffection de la pratique religieuse.

P.C. : *Quel est selon vous le facteur principal de cette désaffection ?*

B.C. : Il ne faut pas aller le chercher bien loin. Nous vivons dans une société matérialiste où la publicité nous propose d'accéder au bonheur sur terre par une consommation toujours plus grande. C'est une course à la possession qui se fait souvent au détriment de la vie spirituelle. Mais je crois qu'il faut modérer le propos. Car à mon avis les gens, et en particulier les jeunes, sont aujourd'hui plus dans un état de désarroi que d'opposition au discours religieux. La preuve, c'est qu'ils sont à la recherche de quelque chose. Ils ont besoin de réponses aux questions fondamentales : Qui sommes-nous ? Pourquoi prions-nous ? Cette aspiration les entraîne parfois sur des sentiers différents, certains vont par exemple vers le bouddhisme. D'autres, hélas, se laissent happer par des sectes dangereuses, qui exploitent ce besoin de spiritualité. Mais, heureusement, beaucoup de communautés chrétiennes répondent à ces interrogations. Je pense aux sœurs de Bethléem ou aux Fraternités monastiques de Jérusalem. Voyez ce qui se passe à Paris, à l'église Saint-Gervais, derrière l'Hôtel de Ville. Les Fraternités monastiques de Jérusalem accueillent tous les dimanches à la messe de très nombreux fidèles, essentiellement des jeunes. Ils sont en quête d'un autre idéal que celui de la consommation, de la facilité et de la permissivité ! Souvenez-vous du pape disant devant soixante mille jeunes au Parc des Princes que la permissivité ne faisait pas le bonheur. Contre toute attente, il a fait un triomphe. Beaucoup de jeunes sont en quête d'une voie, d'un modèle, on a pu encore s'en persuader lors des Journées mondiales de la jeunesse, à Paris ou à Rome. Partout où il se rend, Jean-Paul II draine des millions de personnes. Courbé en deux par la maladie, il donne l'impression aux jeunes d'être un homme libre, justement parce qu'il défend des valeurs essentielles.

P.C. : *A quelles occasions l'avez-vous rencontré ?*

B.C. : Nous l'avons rencontré plusieurs fois à Rome, en particulier à l'occasion d'une visite privée, quand mon mari était maire de Paris. Nous étions invités à sa messe privée à six heures du matin dans une minuscule chapelle du Vatican. N'y assistent qu'une ou deux religieuses et son secrétaire. Après une messe rapide d'une demi-heure, nous avions eu un entretien avec Sa Sainteté, où il nous avait remis à chacun un chapelet. Mais surtout, nous sommes allés au Vatican en visite officielle au tout début du septennat. C'était d'ailleurs la première fois qu'un président de la République française s'y rendait depuis le général de Gaulle. Je me souviens de cette enfilade de salons grandioses. Le pape nous a reçus, il y a eu échange officiel de discours et de cadeaux... La veille, nous avions assisté à une messe en l'église Saint-Louis-des-Français. Puis la journée s'était poursuivie avec la visite de Saint-Jean-de-Latran dont le président de la République française est le chanoine, puis de la Trinité-des-Monts. C'était d'autant plus émouvant pour moi que mon grand-père paternel a été diplomate en poste à Rome, à la villa Bonaparte, au moment de la séparation de l'Église et de l'État.

P.C. : *Vous avez aussi accueilli le pape en France ?*

B.C. : Plusieurs fois, là encore. Je me souviens qu'une fois il a remonté la Seine pour dire une messe sur le parvis de Notre-Dame. Ce jour-là, nous l'avions reçu officiellement à l'Hôtel de Ville. Il est venu en France également pour l'anniversaire du baptême de Clovis, nous l'avions attendu à sa descente d'avion à Tours. Mon mari a eu un entretien en tête à tête avec lui pendant que je faisais salon avec les cardinaux dans une pièce voisine. Plus récemment, il y a eu les Journées mondiales de la jeunesse en 1997, à l'occasion desquelles nous l'avons reçu à l'Élysée et avons approfondi nos échanges personnels. Ma mère était présente dans la salle des fêtes. Le pape s'est arrêté à sa hauteur. Mon mari a indiqué que c'était le jour de son anniversaire. « Je suis plus âgée que vous, a précisé Maman. — Eh bien, madame, ça me donne du courage », répondit le pape en souriant. Mais, république laïque oblige, nous avons dû suivre le reste de son périple à la télévision.

P.C. : *Vous trouvez que Jean-Paul II est un grand pape ?*

B.C. : Indéniablement. Quel destin que celui de ce pape polonais ! Il a joué un rôle certain dans l'effondrement du communisme. Il a apporté une réflexion originale, en dehors de toutes les modes, sur les grands problèmes de société et je trouve dommage qu'on réduise ses réflexions à ses seules prises de position sur la sexualité ! A mon avis, c'est un très grand pape, un missionnaire. Tous ces voyages qu'il entreprend, malgré la maladie, sont la preuve d'un immense courage. On le sent prêt à conduire sa mission jusqu'à la limite de ses forces physiques. Et pensez à l'accueil formidable qu'il a reçu auprès des orthodoxes en Grèce et jusque dans les milieux musulmans en Syrie... Sa visite dans la mosquée des Omeyyades était très émouvante. Il a beaucoup œuvré en faveur du rapprochement œcuménique et du dialogue interreligieux.

P.C. : *Vous partagez toutes ses prises de position ? Lors de son dernier voyage, il a une fois de plus invoqué la nécessité du pardon et de la repentance pour le catholicisme. Vous y êtes sensible ?*

B.C. : Pour vous parler franchement, la repentance, je commence à en avoir un peu assez. C'est devenu une mode de demander pardon à tout bout de champ. C'est certainement nécessaire lorsqu'on a fait du mal à quelqu'un, mais jusqu'où va-t-on remonter dans l'histoire ? Il ne faudrait pas que cela tourne à la flagellation permanente. Cela ne fait que soulever d'interminables polémiques.

P.C. : *Cette repentance ne fait-elle pas aussi partie de la grandeur de ce pape ?*

B.C. : Peut-être, mais j'aurais voulu que d'autres religions se livrent au même exercice.

P.C. : *Partagez-vous votre foi avec votre mari ?*

B.C. : Son grand-père, qu'il n'a pratiquement pas connu, était anticlérical et franc-maçon. Directeur de l'école Firmin-Marbot à Brive, forte personnalité. Mais mes beaux-parents étaient chrétiens, ma belle-mère très pratiquante et mon mari a reçu une éducation religieuse. Probablement moins accentuée que la mienne. Mais, après quarante ans de mariage, on déteint toujours un peu sur son conjoint. Dans ce domaine, je revendique une certaine influence.

P.C. : *Le questionnement sur Dieu, la quête spirituelle font partie de votre conversation ?*

B.C. : Mon mari, sans doute par pudeur, ne parle pas de sa foi, mais il s'est toujours passionné pour le fait religieux, l'histoire des religions. Il s'intéresse aussi à l'architecture des abbayes, au pèlerinage de Saint-Jacques de Compostelle, à l'histoire des monastères. La vie monastique l'attire beaucoup.

P.C. : *Au point d'avoir fait des retraites ?*

B.C. : Non, mais ça viendra peut-être, qui sait ? Il y a longtemps, nous sommes allés à Solesmes pour la fête de la Dédicace, donnée en souvenir du jour où l'abbatiale a été consacrée. Tous les moines chantaient, l'office était magnifique. Après la messe, je suis allée déjeuner chez des amis tandis que le père abbé de Solesmes est venu accueillir mon mari. Il l'a invité à déjeuner dans le réfectoire avec les moines. Lui, d'habitude si bavard, a été tenu au silence pendant tout le repas ! C'est une journée qui l'a marqué. Il aime converser avec des religieux, car ce sont des gens qui savent être à la fois dans la contemplation et dans le siècle. Ah, il s'intéresse beaucoup à la religion... et en même temps, parfois, il me fait rire...

P.C. : *Je vous en prie, racontez-moi.*

B.C. : En avril dernier, au moment du Carême, des religieux m'ont envoyé une écharpe, couleur évêque, sur laquelle était écrit « Confiance, Il t'appelle ». Le soir, je m'approche de mon mari, qui n'était pas de bonne humeur parce qu'il m'attendait depuis un moment déjà devant la télévision, et je lui dis : « Tenez, Jacques, voici l'écharpe de Carême, je vais vous la passer. » Il a fait un bond comme un vampire devant une gousse d'ail : « Enlevez-moi cette écharpe, ça porte malheur ! » Ah, non ! Quel gag, écoutez !

P.C. : *Y a-t-il un livre religieux, spirituel, auquel vous aimez revenir ? Êtes-vous lectrice de saint Augustin, de Pascal, de Bernanos ou d'autres ?*

B.C. : Je relis toujours avec émotion le *Journal d'un curé de campagne* de Bernanos, que je tiens pour un immense livre. Comme je vous l'ai dit, je me sens très proche des Fraternités monastiques de Jérusalem, qui éditent une revue très intéressante, à partir de textes de l'Ancien ou du Nouveau Testament. Ce sont des exégèses rédigées par des membres de la communauté. Et puis j'ai une immense admiration pour le livre de Fernand Pouillon *Les Pierres sauvages*. J'aime les ouvrages retraçant l'historique de hauts lieux religieux, leur construction, leur rayonnement, etc.

P.C. : *Autrement dit, la religion sous l'angle culturel ?*

B.C. : Pas seulement. C'est peut-être mon côté pragmatique qui ressort. Je vous ai parlé de Saint-Angel ? Saint-Angel est une abbaye située entre Tulle et Ussel. C'est un lieu magnifique, autrefois occupé par des bénédictins et abandonné sous la Révolution, aujourd'hui classé monument historique. L'abbatiale est au sommet d'une petite colline autour de laquelle s'est édifié le village. Le réfectoire a brûlé, mais il reste la cuisine, superbe, avec une cheminée où l'on pourrait faire rôtir un bœuf entier. Mon mari a joué un rôle très important dans la restauration de l'abbatiale : la toiture en ardoise a été entièrement refaite, la salle capitulaire vient d'être restaurée. Et depuis bientôt deux ans, je travaille à faire revenir des moines dans ce lieu. Il faut que vous sachiez que mon mari est très fier d'une chose : il a favorisé l'installation de religieuses cisterciennes à Meymac, dont il était conseiller général. Une vieille dame sans descendance souhaitait léguer sa maison et son domaine à des religieux. Mon mari a trouvé les partenaires, fait construire un bâtiment annexe, avec des cellules. Et aujourd'hui une douzaine de religieuses y ont élu domicile, à la grande fierté de mon mari. Alors pourquoi n'aurais-je pas aussi « mon » monastère ? Cinq membres de la Communauté de Saint-Gervais sont allés passer un mois à Saint-Angel l'été dernier. Le projet suit doucement son cours. Avec l'accord de l'évêque de Tulle, Saint-Angel pourrait redevenir un haut lieu spirituel si les responsables des Fraternités en décidaient ainsi. Bien entendu, il doit aussi se réaliser avec l'accord de la municipalité de Saint-Angel, d'autant que le propre de ces fraternités monastiques est de se mêler à la population et de travailler à mi-temps. A Saint-Gervais, les religieux vont par exemple soigner les personnes âgées à domicile, à titre bénévole. Vous me demandiez tout à l'heure si je lisais saint Augustin. Non. En revanche, voilà ma manière de m'engager, de mettre en concordance mon action et mes convictions religieuses. Jadis la haute et la moyenne Corrèze étaient couvertes d'églises romanes... Aujourd'hui, les familles que je rencontre là-bas me disent leur tristesse de ne plus voir de prêtres. Parce que les curés ayant en charge plusieurs paroisses, ils n'ont plus le temps de visiter les malades ou les personnes seules. Je n'ai évidemment pas la prétention de renverser la vapeur, mais si je pouvais apporter ma petite pierre en favorisant l'installation de quelques religieuses à Saint-Angel, je crois que ce serait une bonne chose.

P.C. : *La mort est-elle un sujet qui préoccupe votre mari ? Est-ce que vous en parlez tous les deux ?*

B.C. : Lui voudrait mourir d'un seul coup. Mon beau-père avait dix-huit ans quand il a été mobilisé en 1916, il a fait Verdun. Il a été aussi international militaire de rugby. C'est vous dire que c'était un athlète, plus grand que mon mari. Eh bien, il est mort comme ça, subitement. Et quand mon mari apprend qu'un camarade d'enfance, quelqu'un qu'il connaît, vient de disparaître brutalement, il dit : « Ah ! C'est une belle mort ! Il vaut mieux partir comme ça, d'un seul coup. » La mort est un sujet qu'on évite d'aborder. Une chose est sûre, j'espère que je partirai la première. Sinon, je ne sais pas comment je lui survivrais. Je ne pourrais pas résister. J'admire beaucoup les femmes qui sont capables d'assumer. Parce que je suis finalement très dépendante. Vous savez, c'est un homme qui occupe le terrain !

P.C. : *Vos fonctions de femme de chef d'État vous ont-elles amenée à côtoyer la mort ?*

B.C. : C'est arrivé, et ce sont des expériences qui m'ont terriblement choquée. Je pense notamment à l'attentat du bureau de poste de l'Hôtel de Ville. Mon mari était alors Premier ministre, il se trouvait à Matignon. Je suis arrivée la première sur les lieux. Il y a eu un mort. J'ai fait tout mon possible pour aider les blessés, je les ai accompagnés à l'Hôtel-Dieu... Malheureusement, alors que mon mari était Premier ministre, Paris a connu plusieurs attentats. Rue de Rennes devant Tati, sur les Champs-Élysées, dans le RER à la station Saint-Michel. Vous êtes pris par une angoisse tenace, sans savoir où va frapper la prochaine bombe, vous vous demandez comment faire pour empêcher une telle horreur de se répéter... Et plus récemment, j'ai assisté malheureusement à l'accident du Concorde.

P.C. : *Vous étiez à l'aéroport précisément ce jour-là ?*

B.C. : Nous rentrions du Japon, dans un avion de ligne aux commandes duquel se trouvait mon cousin Bernard de Courcel. J'avais été le voir dans le cockpit et, quand on a amorcé la descente, je suis allée rejoindre mon mari. Je voulais me changer rapidement avant l'atterrissage. Notre avion s'est posé et s'est immobilisé un bon moment. Nous étions à un croisement, le nez de notre appareil face à la piste du Concorde. Je commençais à trouver l'attente un peu longue. Et soudain, mon mari a poussé un cri. Je me suis tournée vers le hublot et j'ai vu une boule de feu grande comme cette pièce. C'était le Concorde qui arrivait sur nous à toute vitesse. Il a pris de la hauteur, puis il a explosé. C'était épouvantable ! Tout le personnel d'Air France a éclaté en sanglots. Peu après, mon mari et moi avons passé tout un après-midi en compagnie des familles des victimes. Rarement je me suis sentie aussi impuissante devant la douleur.

P.C. : *Est-ce que des accidents comme celui-ci sont pour vous l'occasion de penser à la religion, à la spiritualité ?*

B.C. : Bien sûr. Mais je dois dire que, d'après mon expérience personnelle, la chose la plus révoltante, la plus injuste, c'est la perte d'un enfant. Sans doute parce que j'ai assisté à des scènes terribles dans les hôpitaux. Je pense aussi à la mort subite du nourrisson. C'est un drame d'autant plus atroce qu'il reste sans explication. Un matin, on trouve son bébé mort dans le berceau. On comprend que ces jeunes femmes et ces couples aient du mal à remonter la pente. On ne peut jamais se mettre à la place d'une mère et savoir quelle sera sa réaction. Je crois que, pour toute mère, la disparition d'un enfant, et, pire encore, la disparition choisie, est une chose impossible à concevoir. Quand cela se produit, c'est un drame que rien ne peut réparer. Pas même la venue d'autres enfants.

P.C. : *Quelle idée vous faites-vous de l'au-delà ?*

B.C. : Vous connaissez ce très beau texte de Péguy, dans lequel il écrit : « La mort n'est rien, je suis simplement passé dans la pièce à côté » ? Je l'avais choisi pour la messe d'enterrement de Maman, en octobre 2000. Claude a lu ce poème de Péguy : « Le fil n'est pas coupé. Pourquoi serais-je hors de vos pensées simplement parce que je suis hors de votre vue ? Je ne suis pas loin, juste de l'autre côté du chemin. » Bien sûr, il y a un mur, on ne peut plus voir ni parler à nos disparus, certaines questions restent désespérément sans réponse, mais on a malgré tout l'impression de pouvoir correspondre avec eux. Et dans les moments difficiles, je repense à des êtres chers qui nous ont quittés et je me dis : « S'ils étaient là, que me diraient-ils, que feraient-ils ? » Ma belle-mère me confiait : « Vous savez, François est à côté de moi. Aujourd'hui, je n'ai pas fait telle ou telle chose parce qu'il n'aurait pas aimé. » Maman était comme ça aussi : « Votre père est toujours avec moi, il me donne du courage... » Lorsqu'on vit en communion d'esprit avec ces disparus auxquels on doit beaucoup, on se sent plus fort face aux difficultés. Je l'ai moi-même éprouvé et cela tend à me convaincre qu'il y a réellement quelque chose après la mort. On peut être tourmenté par le doute ou par l'effroi, car après tout on atteint là le sommet de l'énigme de notre condition humaine, mais cette espérance est intrinsèque à ma foi chrétienne.

11

« Il faut que le facteur chance soit au rendez-vous »

P.C. : *Au jour où nous parlons, votre mari n'a pas déclaré sa candidature à la présidentielle de 2002. Il existe cependant une forte probabilité pour qu'il soit candidat à sa propre succession. Vous-même avez laissé entendre que c'était votre souhait...*

D.C. : Oui, c'est vrai. Tout bien pesé, je souhaite qu'il se représente. Je crois que c'est une question de devoir. Parce que je ne vois personne d'autre pour porter les idées, les convictions qui sont celles d'un grand nombre de Français. Cela étant, je vous rappelle que c'est une décision qui lui appartient.

P.C. : *Commençons par le cas de figure le plus défavorable. Envisagez-vous un échec ?*

B.C. : Ce serait de l'inconscience que de ne pas le faire. Le résultat peut se jouer à très peu de chose. Après tout, la France a toujours été à cinquante-cinquante et il suffit d'un rien pour faire pencher la balance d'un côté ou de l'autre.

P.C. : *Est-ce que votre mari vous parle de la future présidentielle ?*

B.C. : Rarement. Mais vous savez, la présidence est une charge très lourde. Plus qu'autrefois, j'en suis convaincue. A cause notamment du nombre de sommets bilatéraux, multilatéraux, et puis la cohabitation est une épreuve. Mais ce qui me rassure et me réjouit, c'est qu'il a toujours ce goût de la bataille.

P.C. : *Si vous quittez l'Élysée, vous avez bien une petite idée de l'endroit où vous irez ?*

B.C. : Nous louerons un appartement à Paris.

P.C. : *Dans quel quartier de Paris aimeriez-vous vous installer ?*

B.C. : J'aimerais habiter sur les bords de la Seine. Ce sont des paysages qui me sont chers depuis tant d'années.

P.C. : *Votre mari vous parle de ce qu'il aimerait faire ?*

B.C. : Voir tout ce qu'il n'a pas eu le temps de voir. Parce qu'il a passé sa vie à courir après les minutes. La vie des hommes politiques est si remplie, les responsabilités sont si lourdes, je me demande encore comment il tient le rythme. Surtout les deux années où il était à la fois à Matignon, en pleine cohabitation, à la Mairie de Paris et à la tête du RPR ! Plus les campagnes électorales, où il courait de circonscription en circonscription ! Lorsqu'on a mené une vie pareille, on est forcément conscient qu'on est passé à côté de certaines choses.

P.C. : *Mais vous, comment envisagez-vous la suite ?*

B.C. : Je poursuivrai bon nombre de mes activités ; je ne prendrai pas ma retraite. Ce que je sais avec certitude, c'est qu'à moins d'un ennui de santé je ne suis pas faite pour l'inaction — pas après l'existence que j'ai connue au côté de mon mari au long de ces années. J'ai besoin d'une vie très active.

P.C. : *Autrement dit, s'il venait à échouer, vous pourriez tenter une autre aventure ?*

B.C. : Pourquoi pas ? J'ai toujours la tête pleine de mille projets.

P.C. : *Est-ce que l'exemple de Hillary Clinton ne vous donnerait pas matière à réfléchir ?*

B.C. : La situation ne se présente pas de la même manière, d'abord pour la bonne raison qu'elle est plus jeune que moi.

P.C. : *Allons plus loin. Est-ce qu'il y aura un jour une femme à la place de votre époux ?*

B.C. : Bien sûr. A mon avis, il y a déjà des prétendantes.

P.C. : *Vous pensez que vous ouvrez une brèche ?*

B.C. : Non, ce n'est pas ce que j'ai voulu dire ! Simplement je suis convaincue que les femmes ont vocation à occuper tous les postes de l'État. En revanche, je crois qu'il faudra encore un peu de temps pour que la femme du chef de l'État puisse briguer un mandat national.

P.C. : *Personne n'a trouvé choquant que vous soyez conseiller général de Corrèze. Vous êtes la première, parmi les épouses de président de la République.*

B.C. : Je suis la première, mais il s'agit d'un mandat d'élue locale.

P.C. : *La députation vous aurait tentée ?*

B.C. : Je ne l'ai pas envisagée.

P.C. : *Avez-vous toujours encouragé votre mari à se présenter aux présidentielles ? En 1981, par exemple, contre Valéry Giscard d'Estaing ?*

B.C. : Non, pas en 1981. J'étais réservée sur sa candidature, même si je pense qu'un grand mouvement politique doit pouvoir défendre ses idées.

P.C. : *Pourquoi ?*

B.C. : Pourquoi ? Parce que je suis pour l'union, tout simplement.

P.C. : *Est-ce que, avec Valéry Giscard d'Estaing, le temps n'a pas refermé les plaies ?*

B.C. : Si, bien sûr. En ce qui me concerne, j'ai beaucoup d'amitié pour Anne-Aymone que je connais depuis très longtemps et j'admire Valéry Giscard d'Estaing, son intelligence, sa mécanique intellectuelle. Cela me rappelle une anecdote qui date de l'époque où il était ministre des Finances et mon mari secrétaire d'État au Budget. C'est là qu'ils ont appris à se connaître et à travailler ensemble. En début d'année, Giscard organisait un dîner de cabinet, ce qui était une idée plutôt sympathique. Le dîner avait lieu dans les salons du Louvre, qui abritait alors le ministère des Finances. Les membres des deux cabinets — Finances et Budget — se trouvaient réunis avec leur famille par petites tables. Giscard en présidait une avec moi et Anne-Aymone une autre avec mon mari. Mais ce qui était beaucoup moins plaisant, c'est lorsque Valéry Giscard d'Estaing décidait de jouer au jeu des questions. Il se levait, puis demandait à une pauvre victime : Date de naissance de Marie de Médicis ? Date de la mort de Mazarin ? A l'idée que je risquais de me retrouver ainsi sur la sellette, j'en étais malade ! Je me disais que jamais je ne saurais la réponse et que j'allais ridiculiser mon mari devant tout le monde. Il y avait des colles sur l'histoire, la peinture, la littérature... C'était un peu terrifiant.

P.C. : *Il vous arrive de revoir M. Giscard d'Estaing ?*

B.C. : Oui, bien sûr, de temps à autre. Tous les ans, Anne-Aymone donne une soirée pour sa fondation consacrée à l'enfance maltraitée. C'est pour moi l'occasion de les revoir tous les deux.

P.C. : *Quel souvenir gardez-vous du départ de François Mitterrand en 1995, de la passation de pouvoirs entre lui et votre mari ?*

B.C. : Oh, les choses se sont faites avec beaucoup d'élégance ! Le lendemain de l'élection de mon mari, qui coïncidait avec les célébrations du cinquantenaire de la Libération, François Mitterrand a offert un déjeuner à l'Élysée, dans la salle des fêtes. Il y avait là de très nombreux chefs d'État invités pour l'occasion et répartis en plusieurs tables. Le président Mitterrand coprésidait une table d'honneur avec mon mari. Il l'avait pris à sa droite, si j'ose dire, et moi à sa gauche. « Madame, me dit-il à un moment, j'ai su dès le mois de décembre que votre mari serait élu président de la République. »

P.C. : *D'où lui venait cette certitude ?*

B.C. : Je n'ai pas osé le lui demander.

P.C. : *Vous pensez qu'il préférait voir votre mari lui succéder, plutôt qu'Édouard Balladur ?*

B.C. : Certains de ses proches me l'ont laissé entendre. Évidemment il aurait sûrement préféré céder son fauteuil à Lionel Jospin. Mais à droite il préférait mon mari, j'en suis certaine.

P.C. : *Après la douloureuse expérience du duel Balladur-Chirac, êtes-vous favorable pour les prochaines élections à une union de la droite, voire à un candidat unique de la droite ?*

B.C. : Ce serait préférable et beaucoup de Français le souhaiteraient, mais c'est aussi hautement improbable.

P.C. : *Comment envisagez-vous votre rôle lors de la future campagne présidentielle ? On dit que votre fille Claude a pris une large part à la victoire de 1995. Est-ce que c'est vous qui ferez l'élection de 2002 ?*

B.C. : Quelle idée ! Ce sont les candidats qui font l'élection. Mais, s'il se présente, je soutiendrai mon mari comme je l'ai toujours fait.

P.C. : *Pourtant, cela vous réussit et lui réussit. Pensez-vous que Jacques Chirac vous demandera de participer à un de ses déplacements ?*

B.C. : Je l'ai déjà fait dans le passé. Je le ferai, le cas échéant, dans l'avenir.

P.C. : *Vous regrettez de ne pas pouvoir apporter à votre époux ce que Hillary Clinton a apporté à son mari ?*

B.C. : Vous savez, quelles que soient l'amitié et l'admiration que je porte à Hillary Clinton, je ne me compare pas sans cesse à elle. J'ai ma propre façon d'aider mon mari.

P.C. : *Par exemple, une photo avec votre époux, la main dans la main, en train de vous promener. Vous aimeriez que cette photo soit faite, qu'elle existe ?*

B.C. : Il me semble que nous n'avons plus l'âge.

P.C. : *Il y a la tendresse...*

B.C. : Bien sûr. Mais de toute façon mon mari ne ferait jamais ce genre de chose, parce qu'il est pudique.

P.C. : *Qu'est-ce qui, selon vous, fera gagner Jacques Chirac en 2002 ?*

B.C. : D'abord et avant tout le jugement positif que les Français portent globalement sur sa personne et sur son action. Chacune de mes tournées en province me le prouve. Dès que l'on quitte le microcosme parisien, on s'aperçoit que la « France profonde », comme on disait autrefois, fait largement confiance au chef de l'État. Lorsque je marche dans la rue, partout en province, les gens viennent à ma rencontre, ils sortent de chez eux pour venir me saluer ou parler avec moi. Je sais bien que ce n'est pas seulement pour moi, mais parce que je suis l'épouse du président de la République et que les Français ont majoritairement une bonne image de lui. Cette image, c'est d'ailleurs la sienne depuis le début : celle d'un énorme travailleur et d'un homme de cœur, qui se consacre exclusivement au service public. Mais évidemment, comme disait Georges Pompidou, il faudra aussi que le facteur chance soit au rendez-vous.

P.C. : *Le fait que le Président se présente pour un second mandat vous paraît-il un inconvénient ou un avantage ?*

B.C. : C'est plutôt un avantage. Mon mari a fait ses preuves en de multiples circonstances. Les nouvelles têtes ne sont pas forcément les mieux faites. Parce qu'on ne s'invente pas président de la République en six mois ou en un an ! Un président, c'est un long parcours. Il faut avoir vécu des expériences très variées, avoir traversé des épreuves. Ainsi, en 1995, l'homme qui avait l'habitude de mener ses troupes au combat, celui qui avait assumé d'innombrables responsabilités, à la tête de plusieurs ministères, puis deux fois à Matignon, celui qui, pendant dix-huit ans, avait géré avec panache la capitale, c'était Jacques Chirac. Et puis il y a la dimension internationale. On ne dit pas assez ce qu'il a obtenu ou évité, grâce à ses liens avec les autres chefs d'État et à la bonne connaissance qu'il a des affaires du monde. On voudrait m'expliquer que les Français se désintéressent de la politique étrangère, mais je n'en crois rien. Ils sont au contraire très sensibles à l'image que le chef d'État donne de la France, à la manière dont il défend ses intérêts et son prestige.

P.C. : *En 1995, alors que les sondages le donnaient perdant, votre mari a prouvé qu'il avait la capacité de sentir les attentes du peuple français et d'inverser la tendance. On attribue sa victoire à une campagne de terrain très active. Est-ce que vous comptez beaucoup sur cette période, sur ces derniers mois ?*

B.C. : S'il se présente, la situation sera entièrement différente parce qu'il est président de la République. J'imagine volontiers une campagne assez courte, ce qui ne l'empêchera pas d'être une campagne de terrain.

P.C. : *C'est un « bon finisseur », comme on dit en athlétisme.*

B.C. : Il est à son meilleur au plus fort de la bataille. Labourer les circonscriptions, tenir des meetings, dialoguer avec les responsables de la vie associative, nouer des contacts personnels avec un très grand nombre de Français, s'exprimer dans les médias, insuffler de l'enthousiasme... Pareille énergie n'est pas donnée à tout le monde ! Je crois que les Français ont besoin de ce meneur, d'un chef d'État qui les conduise dans une direction claire, sur la base d'un projet rassembleur.

P.C. : *Quelle image aimeriez-vous que les Français gardent de vous ?*

B.C. : Je vous l'ai dit en commençant cet entretien, je suis simplement moi-même. Je ne cherche pas à construire une image. J'aimerais que les Français sachent ce qui constitue en vérité ma personnalité, qu'ils comprennent que j'ai tenté d'être utile aux autres. A chaque étape de ma vie, j'ai essayé d'agir en fonction de ce que j'estimais être mon devoir : d'abord en tant qu'épouse et mère, mais aussi en tant qu'élue et responsable d'associations. Je n'ai cessé de trouver beaucoup de satisfactions dans ma vie : si diverse, parfois douloureuse, mais toujours intense. Je serais fière et heureuse si l'on reconnaissait ma sincérité.

P.C. : *Au moment même où nous achevons cette conversation, le monde entier est sous le choc du terrible attentat du World Trade Center à New York. Vous-même, quelle a été votre première réaction ; comment avez-vous ressenti ce drame ?*

B.C. : Je travaillais à l'Élysée quand j'ai vu les images sur LCI. Des images qui dépassent toute imagination, toute fiction. J'ai été absolument bouleversée. Je connais bien New York, j'y ai des amis, et l'inimaginable s'y déroulait ! J'ai alors pensé avant tout à ces milliers de victimes et à leurs familles. J'ai mesuré aussi le bouleversement immédiat de notre monde, dès lors que ce terrorisme pouvait si cruellement et massivement frapper au cœur symbolique de l'Amérique et en son centre économique. Comme beaucoup, je crois, j'ai été sous le choc pendant un moment, bouleversée et consternée. J'ai immédiatement pensé à notre pays, à la solidarité fraternelle qui nous lie aux États-Unis et aux graves responsabilités qui incombaient, dès cet instant, au chef de l'État.

P.C. : *Personnellement, quelle leçon en tirez-vous ?*

B.C. : D'abord, évidemment, qu'aucun pays, même s'il s'agit de la plus grande puissance du monde, n'est à l'abri de la folie meurtrière de fanatiques aux yeux desquels la vie humaine, littéralement, ne compte pas. Pas plus la leur que celle de leurs victimes. Et puis aussi que les valeurs des démocraties, qui sont naturellement notre force et notre honneur : la tolérance, l'obsession de la liberté individuelle, le respect de toutes les différences, sont aussi, aux yeux de ces fanatiques qui s'en servent, nos faiblesses. Il faut en être conscient.

P.C. : *Votre vision du monde s'en trouve-t-elle modifiée depuis ce 11 septembre ?*

B.C. : A l'heure où nous parlons, à dix jours de l'attentat, il est difficile de parler de « vision du monde ». En réalité, personne ne sait ce qui va exactement se passer, comment les choses vont évoluer. Je trouve très positifs les discussions et les contacts qui ont lieu en ce moment entre les chefs d'État, et auxquels participe très activement mon mari. Ils semblent garantir des réactions appropriées.

P.C. : *Et l'avenir ?*

B.C. : C'est une question difficile. Nous sortons d'un siècle qui a certainement connu l'abominable : deux guerres mondiales, l'holocauste, d'autres génocides encore, le goulag... Je ne prétends faire aucun pronostic. Mais la prise de conscience de risques aggravés ne conduit pas, pour moi, au pessimisme. Je trouve très encourageants les réflexes de solidarité et de générosité qui se sont manifestés à l'échelle du monde après les attentats. Et puis, je le répète, j'ai une grande confiance dans les jeunes générations : elles sont plus lucides qu'on ne croit, plus ouvertes vers le monde, plus généreuses. Elles pratiquent des valeurs de dignité et de fraternité. Si je suis donc bien consciente de la dureté et de la cruauté de notre monde et des temps qui viennent, je ne vous surprendrai pas, au terme de nos entretiens, en vous disant que je ressens au fond de moi la volonté de faire face dans la confiance.

P.C. : *Vous voyez bien, il vous arrive d'être optimiste !*

B.C. : Aimer, c'est forcément être optimiste !

P.C. : *Alors, au bout du compte, qu'est-ce qui est le plus important dans la vie ?*

B.C. : L'important pour moi, c'est de vivre sa vie avec ses rêves, ses passions, en s'ouvrant, en s'offrant aux autres qui nous apportent tant. Vivre la vie avec ses douleurs et ses joies, pleinement. Vivre, tout simplement.

Table

1. « Vous pleurerez un autre jour ! » 7
2. « Méfiez-vous du bulldozer ! » 31
3. « Mon fils aurait pu faire n'importe quel mariage ! » 61
4. « Vous comprenez pourquoi je veux me battre pour les enfants des autres » 87
5. « Donnons des couleurs à l'hôpital » 103
6. « La violence attire la violence » 125
7. « Il va falloir vous blinder » 141
8. « Les hommes ne sont pas au bout de leurs surprises » 149
9. « Regardez, Bernadette, c'est John Wayne ! ». 165
10. « Enlevez-moi cette écharpe, ça porte malheur ! » 191
11. « Il faut que le facteur chance soit au rendez-vous » 207

Imprimé en France sur Presse Offset par

BRODARD & TAUPIN

GROUPE CPI

11728 – La Flèche (Sarthe), le 20-02-2002
Dépôt légal : mars 2002

POCKET – 12, avenue d'Italie - 75627 Paris cedex 13
Tél. : 01.44.16.05.00